CIEN HORAS A TU LADO

CARLOS LUNA

Aliarediciones

Corrección: Inés González Calo
Diseño de cubierta: Laura S. Ayuso
Maquetación: Aliar Ediciones

Depósito Legal: GR 757-2024
ISBN: 978-84-10374-12-6

Impreso en España

Edita
ALIAR Ediciones
www.aliarediciones.es
info@aliarediciones.es

CIEN HORAS A TU LADO

CARLOS LUNA

Dedicado a Susana, mi hermana,
guardián de las olas que naufrago y
ancla de mis derivas.

Y a Salvador, mi abuelo,
la sal de ese mar.

1

Nunca di de baja su línea de teléfono.

Mantenerla activa era una forma de negar su muerte.

Hablando de negar, tampoco voy a negar que cada día llamaba a su número y esperaba a que el tono se agotara. De alguna manera, en algún lugar de mi absurdo interior, tenía la esperanza de que ese teléfono se descolgara y al otro lado pudiese oír su voz.

Cancelar esa línea hubiese sido admitir su muerte.

Él siempre fue una persona obsesionada por vivir, tanto, que proclamaba que sus ojos se subastarían a su muerte por tantas cosas vistas y experimentadas. Yo me reía, por ese y por tantos otros eslóganes que pronunciaba. Era un elegante poeta de sobremesas y un vaquero del espacio sin corcel.

Mi padre se fue al poco tiempo de que yo descubriese su más oscuro secreto: que era una persona.

Joder, qué bien oculto lo tenía.

No lo supe hasta los treinta y ocho años.

Nuestra encapotada existencia en esta pelota giratoria pasa por descubrir que nuestros padres son personas. No a todos nos sucede por igual; hay quienes destapan esta sorpresa de forma repentina, por un hecho concreto, y hay quienes lo hacen progresivamente. Sea como fuere, es a partir de entonces cuando comienzas a entrever el esqueleto emocional de quien hacía llamarse *papá* o *mamá*. Aquella persona irrompible, que no erraba tiro, que no mostraba sus miedos, o sus anhelos, o su desaliento, o su fragilidad, comienza a hacerlo. O más bien, tú comienzas a verlo.

Porque desde que nacemos asumimos que *papá* y *mamá* son las dos palabras más poderosas del vocabulario universal, un don de la lengua que expresa las virtudes más elevadas del ser humano. Un título nobiliario atribuible a la perfección encarnada en mujer y hombre, o al orden que sea. Vamos, una losa con la que cargar.

Pues, papá, te marchaste antes de que pudiese echarte una mano en tu tarea como ser humano. Te quitaste el disfraz de padre demasiado tarde. Quisiera haberte preguntado por lo mejor y lo peor de envejecer, por lo más bonito que yo, en tu opinión, hice por ti, o por el capítulo *más* preciado que guardabas de nosotros. Conociéndote, seguro lo tenías.

Y ahora, ruego me perdones, voy a entrometerme en tu intimidad como persona. Pero tranquilo, para ello me quitaré el disfraz de hija.

La llave no encaja perfectamente, aunque basta con efectuar pequeños giros nerviosos y ejercer cierta fuerza para que el bombín gire. Como toda puerta con solera, solo quiere ser entendida. El portal huele a madera agria, trasladándome de inmediato a la década de los ochenta. A mi niñez. Una pequeña lámpara permanece encendida sobre una mesa. Es el único foco de luz. Su pantalla, de un amarillo que en sus mejores días fue blanco, dibuja ondas color café que señalan una decrepitud similar a la del reparto que deambula por ese espacio. La anciana del andador y gafas de sol me devuelve el saludo con un susurro que, lejos de parecer despectivo, resulta fantasmagórico. Camina despacio, sin procurarme su mirada y sin el menor ánimo por hacerlo. Arrastra sus alpargatas. ¿Cómo demonios puede ver con gafas de sol entre tanta oscuridad? A pesar de mi edad, me produce pavor ofrecerle cualquier tipo de ayuda. Para facilitar su paso desde 1970 hasta 2023, me aparto junto a los dos decrépitos sofás que, bajo un cuadro del alumno más inepto de Dalí, recrean un malogrado decorado de aristocracia post franquista.

El ascensor asciende ásperamente, casi a trompicones, hasta la décima planta. La última del edificio Oasis. La sensación de ingravidez se acentúa con la mirada despectiva de las paredes espejadas que se preguntan, con la autoridad propia del fracaso de lo que pretendió ser eterno, quién diantres es esa intrusa. La musicalidad decadente del elevador anuncia —por fin— mi llegada a destino.

Sosteniendo el ramillete de llaves, desanudar mi rigidez mental resulta más fácil que desanudar la decena que se revuelve en mis manos. Siempre fuiste difícil de acceder, papá. Menos mal que, al menos, fuiste intuible.

El aire del vestíbulo puede cortarse con cuchillo; está cargado, tanto, que siento cómo se despresuriza con muda agonía al poco rato de abrir la puerta. El filtro sepia que proyectan las cortinas azafranadas desnuda un telón de polvo en suspensión, un murallón que entona aires de advertencia. Mi estómago afina un hormigueo nervioso; rumba idéntica a la que siento cuando, en los despegues, las ruedas del avión abandonan la superficie. Joder, no me atrevo a dar un paso en mi propia casa.

Pedí expresamente que fuese mañana, no hoy.

No creo que lo haga bayeta en mano, pero será mañana cuando Lorena, o Lucía, o Leticia, o como demonios se llame la chica de la inmobiliaria, abra la puerta de este piso —bien emperifollada, porque no me acuerdo de su nombre, pero sí de su aspecto— y realice un reportaje fotográfico que bien podría atribuirse a un niño de siete años. Tras estafarnos en ese sentido y facturar la tarea, enseñará la vivienda a unas cuantas parejas con deseos de ampliar la especie humana; parejas voraces por mostrar su egoísta humanidad al traer una criatura a este mundo no habitable. Después, tras ese absurdo pulso, una de ellas decidirá claudicar ante la enorme burbuja inmobiliaria y pagar dos veces lo que mi padre pagó por este piso, reformándolo y habitando el bastidor, aunque con otra pintura, de la obra de mi familia.

Y por ello le pedí a la emperifollada que viniese mañana, para así ultimar la única estancia que se nos ha resistido tras la muerte de mi padre. Su despacho y cuarto de los líos tendrá, al terminar la tarde de hoy, pujadores que decidirán por su eternidad o por el vertedero del olvido. Por si las moscas, vengo con bolsas de basura.

Es un cuarto pequeño, por un metro se libra de ser diminuto. Sin embargo, aquí ocurría su grandeza. Es paradójico que esa grandeza se produjera en ocho metros cuadrados. Es paradójico que las cosas más importantes en la vida de una persona no necesiten más que este espacio. Podría explicarse a través de la ecuación más famosa de la historia, la que define los procesos de la energía nuclear: *E=mc2*. Energía es igual a la masa por la velocidad de la luz al cuadrado. Y al igual que mi padre en su cuarto de los líos, la molécula necesita de un lugar insignificante para desencadenar toda su grandeza. Sí. Así es.

La excelencia requiere de un cuartucho.

Creo que he traído pocas bolsas de basura. Ni siquiera alcanzo a distinguir la pared. Tampoco a distinguir dónde empieza y dónde acaban las estanterías. Los libros trepan unos sobre y otros y crean columnas erigidas sobre sus consanguíneos, rebautizados por un techo que los frena con autoridad. Dos máquinas de escribir, una Olivetti y otra Olympia, presiden el escritorio de mi padre, como si no llevaran una treintena de años sin utilizarse, parando un tiempo en el que le hubiera gustado quedarse. Su ordenador portátil está en un remoto cajón.

Ni siquiera enciende.

Fotografías sin marco. Libros. Una antigua plancha de hierro fundido. Más libros. Una petaca nunca usada. Una lámpara de aceite romana. Un catalejo. La cruz que compró en Santo Toribio de Liébana, en 1995. Libros, libros, libros. Más libros. Hay más de cien casetes, calculo a groso modo. Música que nunca se escuchó. *Música que ya nunca se escuchará.*

Comienzo a desplegar bolsas de basura.

Busco un enchufe. Lo hallo. Conecto el teléfono móvil a la corriente; lo necesito vivo para las fotografías que tomaré cuando despeje todo esto. Quizá mi hermana Asunción o mi hermano Mario quieran alguna de las antiguallas que visten el despacho. Quizá alguna de ellas tenga valor en sus memorias. O quizá las quiera alguno de sus hijos, los que nunca preguntaron por su abuelo.

A mi padre le encantaban las cajas. Las tenía de hojalata, de cartón con papel celofán, de madera, e incluso de hierro. De pequeña las contemplaba con respeto hacia lo atesorado y hacia su propia intimidad. Ahora, comienzan a aflorar entre el desorden y confirmo lo sospechado en mi niñez: no contienen dinero. Contienen postales, pensamientos y eucalipto seco, puntas de pluma estilográfica, pastillas olvidadas y expiradas y bobinas de hilo blanco con agujas con las que cosía el entramado de los periódicos que leía.

Mis sobrinos me mandarán a la mierda, sin duda.

Dos anchas bolsas de basura aguardan bajo el marco de la puerta. A la mitad de su capacidad de llenado, esperan con sus grandes bocas más libros sobre la deriva continental o el neptunismo. No creo que acepten volúmenes desfasados sobre geología en las propias bibliotecas, mucho menos en páginas de segunda mano, por lo que el vertedero fabricará con ellos grandes cubículos de papel reciclado.

El aspecto del cuarto de los líos es prácticamente aceptable y luce una anarquía apta para la exposición. Además, los bártulos más voluminosos, como la silla decrépita o la tan deteriorada vitrina, serán recogidos mañana por los Traperos de Emaús.

Miro el reloj: han dado dos horas poniendo patas arriba el orden de mi padre. Desordenando su grandeza. Me cuelo tras el escritorio y abro uno de los cajones de la gran vitrina, esa que mañana recogerán los chicos de la asociación. Se suceden papeles bancarios, certificados de cuenta, copias de sus últimas declaraciones de la renta y tarjetas de crédito caducadas. Eso en el primer cajón. En el segundo, autopsias de publicaciones científicas y exámenes destripados que nunca fueron devueltos. Abro el tercero.

Una caja de caudales antigua.

Está cerrada.

La tomo como si de un explosivo a punto de detonar se tratara. Su gris se ha desvanecido con los años y una pátina carmelita tinta sus bordes. Carga el peso de decenas de anuarios tachados; necesito las dos manos para elevarla hasta el escritorio. Mis lumbares se resienten, pero ahora puedo observarla sin comprometer mis cervicales. El perímetro de la cerradura está ajado, con cicatrices que hablan de nerviosismo, o de urgencia, o de ansiedad. Intento forzarla, en vano.

Mi padre la cerró con llave, ¿acaso está repleta de dinero? ¿Quizás he confundido el peso del tiempo con el peso de un tesoro pirata que ahí dejó? ¿O, quizá, como geólogo, mantuviera oculto un centenar de esmeraldas? Desde luego, si encuentro algo así, mis sobrinos tendrán que conformarse con el catalejo.

Revuelvo los lapiceros. Después los cajones, seguidos de recipientes cerámicos o fundas de gafas. El reloj de pared anuncia las ocho de la tarde. Miro a mi alrededor, sintiendo la presión de lo inanimado.

Por un momento pierdo interés por el hallazgo y continúo atiborrando las bocas de las bolsas de basura, que parecen no saciarse. Lo peor de todo será cargar con ellas.

Tomo fotografías y las comparto inmediatamente por el grupo de WhatsApp que tenemos la familia. Mi hermana Asun emite una queja por la falta de nitidez en algunas de las imágenes. Las repito, aunque gruñendo por la total indiferencia que manifiestan al no estar presentes.

A los pocos minutos, se adueñan *online* de ciertas cosas; yo pego sobre ellas un *post-it* con el nombre de cada saqueador, esos que se creen con el derecho de ostentar una memoria en la que nunca pensaron. Bien.

Rehago alguna fotografía de rincones que han escapado de mi lente. Descubro varios objetos más, entre ellos un molinillo manual de café. Me pregunto qué puede hacer aquí. Mi padre nunca tomó café. Me aproximo a él para leerlo de cerca.

Sobre una peana de unos diez centímetros de alto se asienta una esfera de hierro fundido que conecta dos engranajes y una gran rueda que los impulsa. Una placa dorada vertebra la base de nogal, escribiendo en ella la palabra «Café». A sus pies, un minúsculo cajón recibe los granos del fruto molido o, más bien, los debió de recibir alguna vez.

Un tintineo metálico circula por el esqueleto del molinillo al tomarlo de la estantería. Abro su cajón. Joder.

Una llave de alargado paletón y cabeza ovalada se tumba en su diagonal, conservando los restos de un café que alguna vez fue retirado.

Me dirijo hacia la caja de caudales, ignorando los avisos de WhatsApp que reclaman más memoria materializada. Clavo la llave tiznada por partículas de café en la cerradura. Gira.

En efecto, nada de tesoros o esmeraldas.

Una cumbre de cartas emana con la fuerza de un muelle oprimido. Tomo el bloque de papeles y lo extiendo sobre la mesa.

Es lo único que mi padre guardó bajo llave por lo que, o bien se trata de correspondencia con amantes, o bien era un espía que reclutaba geólogos del eje del mal. Calculo unas treinta cartas, sobre arriba, sobre abajo. Veo nombres que se repiten. A los pocos minutos, termino de componer tres grupos de cartas ordenados por remitente y por fecha. Las más antiguas se remontan a la década de los ochenta, las más recientes hasta hace poco más de un mes.

Mi padre falleció hace tres semanas.

Eso significa que dejó sin respuesta a varios destinatarios. También significa que debieron ser personas importantes en su vida.

2

Es comienzos de octubre y la luz se acuna cada vez antes.

Es bondadoso; lejos veo el mortificante calor del verano madrileño. Un verano, a veces, tortuoso. El barrio de Chamberí se ilumina con los últimos esfuerzos de la tarde, prestando especial cariño al número ochenta de la calle Zurbano, cercana al Hospital Gregorio Marañón. Allí los vestigios de un sol viejo toman mi portal, templando el hormigón que se tiñe ambarino.

Cargo algunas bolsas, bolsas de pena. Son en su mayoría objetos introvertidos que no se han atrevido a hablar, el resto, los adueñados por la masa familiar. Deberán de venir a por ellos. Yo no me voy a mover.

Atrás quedaron las bolsas con libros sobre geología y el mobiliario que vestirá los anticuarios de los Traperos de Emaús.

No tengo apetito.

Tampoco tengo mucho con lo que arramblar. El frigorífico tiembla, tanto, que podría invocar el refrán que mi madre pronunciaba en estos casos: «Tan vacío que se cae un ratón y se desnuca». Me sirvo agua con gas y desprecio su sabor, estoy tratando de esquivar la tónica; agua, gas, edulcorantes y conservantes. Pido la cena en Doli, restaurante hindú apto para disgustos. La aplicación dice que el repartidor llegará en unos cuarenta minutos. Vale.

Mientras tanto, guardaré los trastos de mi padre.

El armario empotrado de la entrada se despidió de algunas cosas hace tres años, por lo que reúne un espacio más que decente para atender el éxodo de tanto cachivache.

En pocos minutos, queda lleno. Vuelvo a la cocina, a darle atención a mi agua con gas. Quizá ahora sea, por fin, un agua sin burbujas y pueda beberla. Tomo un trago y dispongo sobre la isla la correspondencia. La que he robado de la intimidad de mi padre.

Esa misma.

Sigue organizada gracias a tres gomas del pelo que amordazan los tres bloques, reteniendo su desorden y confusión.

Hay tres nombres; dos hombres y una mujer. Todos ellos remitieron su correo en fechas similares, revelando un trato habitual entre las partes. No debería de hacer esto, papá. Nadie debe transgredir la intimidad de otra persona, mucho menos tras su muerte, pero, ¿quién eres? ¿Quiénes son estas personas? ¿Por qué nunca me hablaste de ellas?

A la izquierda, un sello revela el primer nombre: Emilio Pont. Barcelona. Vía Layetana, 32. En el centro, una letra cursiva enuncia una autoría atribuible a Enriqueta Gil. Sello de Santander. Avenida Reina Victoria, 79. A la derecha, el último de los montones. Málaga. Martín Velasco, Cruz de Humilladero.

Aún más a mi derecha, el timbre suena.

¿Eres tú, papá? ¿Vienes a reprenderme por invadir el tuétano de tu vida privada? No, es el repartidor de comida. Mejor. Cuelgo el telefonillo tras indicar que es el segundo ascensor, no el primero, aunque lo más probable es que se pierda, como todo el mundo.

Aleccionándome por insultar su juicio, el chico golpea la puerta a los pocos segundos: *keema samosa* y *prawn puri* o, lo que es lo mismo, empanadillas de cordero y cilantro y gambas con especias o, más bien, especias con gambas.

Descorcho una botella de Pago de Carraovejas, un caldo amaderado y cojonudo de una añada en la que mi padre aún vivía. Me sirvo una segunda copa, la primera era de mera degustación. Ahora sí. Brindo por ti, papá.

Brindo por la efimeridad de la materia, como la de tu cuerpo o la de este vino, que se fuga para hacerse celeste y perfecta. Mientras tanto, los imperfectos engullimos la cena y media botella.

El pasillo se hace largo y recorro las puertas que cierran vacío, obsoletas por la gracia del tiempo. Estoy algo mareada. Mi dormitorio es la mínima lección de lo austero, con una mesita de noche de bruto cemento y un aplique suspendido que ilumina *El invierno en Lisboa*, de Antonio Muñoz Molina. Sobre la cama, sin cabecero, una litografía de César Manrique cuelga de la pared. Explicarla es más complicado que entenderla. La compré en una sala de subastas de la calle Velázquez, sin discernir por aquel entonces si su rojo caoba era enfado o devoción. Sigo sin hacerlo.

Tengo la ropa hecha un auténtico asco, con algunos tiznes de polvo y lamparones de *prawn puri*, o sea de gambas, en los pantalones. Por suerte, nada de vino.

Me desvisto frente al espejo que se deja ver a espaldas de una de las puertas del armario. El chándal cae al suelo y quedo semi desnuda y descalza. El foco cálido del techo me baña, y crea sombras sobre las sombras de mis sombras. Casi resultan inapreciables los dos dragones japoneses que trepan por mis muslos hasta la zona lumbar, retorcidos a la entrada de mis glúteos para dejarlos blancos, libres de sus escamas.

Vuelvo a la cocina, solo quedan las cartas.

Quizá dispuesta por la lucidez que proporciona el beber sola, quizá por la falta de autoridad sobre mí misma, quizá por ambas cosas, tomo el primer montón de cartas y, como un leopardo que da caza a su presa y la carga hasta la copa de un árbol, lo arrastro hasta el sofá. Emilio Pont, leo en una de las esquinas del primer sobre. «E-mi-lio», pronuncio. ¿Quién eres? Nunca nos habló de ti.

También te pido disculpas porque, al fin y al cabo, voy a abrir la mirilla de vuestras confidencias.

Tomo la primera del bloque, que se remonta poco tiempo atrás, a principios del pasado año. Parecían continuar una conversación madurada con los meses, puede que incluso con los años. Emilio habla con una llaneza que revela una amistad un poco temprana. Habla de los años cincuenta, anécdotas de ambos en las calles de Barcelona.

«En los años que viviste aquí», pronuncia Emilio.

Mi padre nunca llegó a contarme esa parte de su historia. ¿Viviste en Barcelona, papá? Continúo leyendo, deslizándome por la letra cursiva de un señor que posiblemente desconozca el fallecimiento de su amigo. Paso a la siguiente carta. Leo cosas que me asombran. Leo una vida que desconocía. Historietas, chascarrillos que solo ellos entendían o, *más bien*, entienden, porque en la inmortalidad de lo escrito suceden.

Devoro los papeles sintiéndome, más que una intrusa, una invitada en su fiesta. En su divertida fiesta. La amabilidad de las letras me sumerge en sus cutículas y me expulsa de la sobriedad de mi salón apagado. Una copa más de vino.

Ya he terminado esta cuña de correspondencia viva.

Ato un nuevo lazo entre ellas y tomo el segundo grupo de cartas. También te pido disculpas, Enriqueta. Pero debes de saber que nada de esto es contra ti; dentro de este mangoneo de vuestras revelaciones, hay miseria en la curiosidad y opulencia hacia el valor de la memoria de mi padre, en la que deseo indagar. No me guardes rencor si algún día llegas a saberlo. Abro la primera carta, escrita veinte años atrás. «Ketty», leo a los pies del papel. Abro la segunda carta, y la tercera, y la cuarta.

La última detiene el tiempo en 1987. Bebo más vino sin apartar la mirada de sus verbos.

Son las dos de la madrugada.

Aquí, en Madrid, y en Santander.

Ketty me cuenta sobre un hombre que jugaba el juego de la vida sin miedo y con ganas. De una persona que era persona antes de ser padre. Te lo vuelvo a preguntar: ¿quién eras, papá? Ketty habla de vuestros eneros en el Barrio Pesquero o de vermús en los bares de Peñacastillo. De tus obras, ¿qué obras? Paseos en barca hasta Somo o borracheras en Bodega El Riojano. Parece que estuviste desde 1986 sin corresponder sus cartas, ella lo dice en sus tres últimos envíos. ¿Qué ocurrió? ¿Te sentías culpable?

Ligeros posos saltan a mi copa al verticalizar la botella de vino. Al final, cayó.

Dos y media de la madrugada. Un minuto de sueño se ha perdido por cada palabra que he leído, dejándome insomne y sola ante declaraciones y leyendas. Anudo las cartas.

Tomo la tercera víscera de mi padre y vuelvo al sofá, recogiendo mis piernas y adoptando la posición de loto. Lista para todo. Martín, Martín Velasco.

Trazo una recta que me lleva desde Santander hasta la Málaga de los años noventa. Son cartas más esporádicas, más distanciadas en el tiempo. Una por año, para ser exactos. Martín exhala en cada oración, en cada afirmación, agradecimiento. ¿Agradecimiento hacia qué?

Son hojas recicladas e irregulares, parecen recortadas manualmente. La letra es áspera y torpe, la narrativa simple. Atribuible a un niño. Martín le cuenta a mi padre sus logros, sus avances, rubricando cada pie de página con la misma expresión: *seguimos*.

Ásperas y desagradecidas, mis papilas gustativas se retuercen por efecto de los posos en el último sorbo de vino, el cual, quizás, debería haber evitado. Áspera también se encuentra mi conciencia, y desagradecida mi curiosidad, que ahora le tiende una mano al remordimiento cuando nunca tuvo pizca de moral. Qué hipócrita.

Tres de la madrugada.

Y tres son los huéspedes que hoy me visitan, teatrales en su apariencia y pulcros en sus recados. Desconozco el porqué, pero algo me dice que vienen para una larga estancia. Mi padre, su original hospedador, se ha ido. No está. ¿Quién se hará cargo de vosotros ahora? Y lo más importante, ¿por qué eran recurrentes vuestras visitas? Quizá yo deba ser la encargada de comunicar su fallecimiento. Quizá deba preguntar el origen de vuestra amistad. Quizá deba arrojar valor sobre su memoria y desenmascarar a un padre que, antes de ser padre, fue persona.

Quizá deba preocuparme por el valor de sus miedos, de sus anhelos, de su ira callada y sus aspiraciones, aquellas que nunca me reveló.

Quizá, ahora, deba ser la huésped de esos tres nombres.

3

El Instituto de Educación Secundaria Cardenal Cisneros antes se llamaba Instituto del Noviciado, cuando se fundó en 1845. Próximo a la plaza de España, entre las calles San Bernardo y Amaniel, su aula veinte *aún conserva* los bancos corridos y el acceso escalonado. Este edificio nació para atender las necesidades espaciales de la Universidad Literaria de Madrid, por ello todas las clases poseen la tarima de roble donde brotaba la verborrea del catedrático.

Eso último, *verborrea del catedrático*, es de cosecha propia. El resto es una malograda reproducción de la homilía que la directora, Ruth Bonachera, me soltó en mi primer día como profesora.

En mi discurso hacia amistades o hacia mí misma, cuando tengo que defender la institución frente a ellos y la holgazanería frente a mí, digo que subo los mismos peldaños que Cela, Azaña, Machado o Primo de Rivera subieron. Bueno, en realidad, a este último puedo omitirlo sin pesar en mi conciencia.

También digo que es el único centro público de Madrid que imparte Bachillerato Musical, y que el deporte por tradición y por excelencia desde su edificación, es la esgrima. No sé de qué me libra todo eso.

Es un palacete merecedor de los figurones que hincaron sus codos siglos atrás, con treinta mil tomos en su biblioteca y gabinetes de ciencias dignos de museos. También con telarañas.

Subo unas escaleras que rinden justa pleitesía a su corteza, ramificadas en dos sentidos y aureoladas por una pasarela común que hace de ágora. Puedo sentir el crujir de los violines y clarinetes, relegados a las primeras aulas que ahora quedan bajo mis pies.

Hace pocos días que me reincorporé tras la muerte de mi padre. Aún sigo asqueada por las zopencas conversaciones en la sala de profesores; *pésames* de hábil torpeza que reflexionaban sobre la muerte. Eres matemático, por el amor de Dios, mejor reflexiona sobre la suma de polinomios.

Fueron más acertadas las condolencias de algunos de mis alumnos, que se basaron en su mayoría en no gritar al comienzo de las clases.

Completo el último tramo de peldaños y pienso en las cartas que anoche me enredaron. Pienso en Emilio, en Ketty y en Martín. Pienso en Barcelona, en Santander y en Málaga. Me dejo caer en mi padre. Viajo por las palabras con las que solía definirlo y las enfrento contra las palabras con las que lo definen sus remitentes, dispares. Divago por el pasillo, ante la vocería del cambio de hora. No camino en una dirección concreta, ni siquiera recuerdo qué clase imparto ahora.

—Carmen, ¿qué tal vas?

—Gracias por devolverme al mundo, Pablo —exhalo.

Pablo es mi primero de a bordo.

Profesor de Educación Física, creo que se dedica a pasearse. Es un tío majo, muy majo. También creo que le gusto. Siempre anda en chándal, aunque nunca lo haya visto dar un trote ni para auxiliar una lesión.

Se marchó hace pocos meses a Turquía para implantarse pelo, creyendo que a su vuelta luciría una envidiable melena y que nadie se daría cuenta. La realidad es que parece un salero, por ello siempre luce una gorra al más estilo *yankee*.

—Me tienes preocupado, pareces un zombi —confiesa ajustándose la gorra—. Solo algunos de último curso, después de salir toda la noche, se mueven como tú cuando los mando correr.

—Joder, ¿tan mala cara tengo? —contesto limpiando las cuencas de mis ojos, en un gesto parecido al de un apache a punto de pelear—. Anoche terminé una serie y me fui de hora.

Pablo esboza una sonrisa, consintiendo mi engaño.

—Luego nos tomamos una cerveza donde El Tuerto y ponemos verde a la Borrachera —planea refiriéndose a Ruth Bonachera, la directora.

—Vale, míster. Dale caña al equipo y deja el pabellón bien alto —me despido dándole una palmada en la espalda y ojeando mi ruta de la mañana.

Había olvidado mencionar que mi nombre es Carmen. No es importante; aquí nadie me llama así. Me llaman profe o Hueso. Y Hueso no es un apodo por impartir Anatomía, o por tener cierta fama en las comidas de Navidad, como Borrachera. Desgraciadamente, es mi apellido. Y digo *desgraciadamente*, porque hay otros apellidos con más encanto. Yo soy profesora de física. La de física. Y si tengo treinta y ocho años, llevo doce con la docencia a cuestas. O más bien con una docencia que me lleva a mí.

La última hora corre pastosa en el aula de 2ºB. La semana próxima he programado un examen sobre los estados de la materia, tema tres. Y no lo hago porque me guste tocar las narices, todo lo contrario, lo hago para que mis alumnos puedan fraccionar el estudio y aprendan a organizarse, cosa que yo nunca supe hacer.

Apenas ha transcurrido un mes desde el inicio del curso y las explicaciones del temario han fluido con extraordinaria rapidez. En estas ocasiones suelo dejar que preparen su control en la hora de clase, para así contestar *in situ* a las dudas que les puedan surgir durante el estudio. Haciéndolo, también esquivo las situaciones familiares desfavorables que puedan entorpecer su concentración.

Y por cosas como estas, no tengo mote.

Hace rato que ningún quinceañero se acerca a mi mesa cuestionando la validez de los libros frente a su intuición o preguntando por las leyes de los gases, las formas de representar la presión o quién leches era Joseph-Louis Gay-Lussac, nombre que suele desatar una carcajada por tener un apellido más inapropiado para un aula de instituto que el mío.

Sería, por tanto, buen momento para preparar el examen. Sin embargo y, a diferencia de las veinte criaturas que tengo ante mis ojos —que guardan un silencio casi insultante para su edad—, soy incapaz de acallar mis pensamientos.

Me levanto, tentando la ligereza de su concentración.

—Salgo un momento —musito, casi con una intención hipnótica por no agitarlos—. Vuelvo en dos o tres minutos. Mi sentido arácnido me dice que hablaréis, así que, al menos, no lo hagáis en un tono que pueda molestar a los demás.

Algunos compañeros de profesión me preguntan por qué permito la palabra, cuando lo mejor sería abolirla. Esto lo dicen los radicales de la educación, aquellos mismos que tienden a ridiculizar la pregunta en sus explicaciones. Mejor será admitir que las personas hablan por cuestiones evolutivas, biológicas y románticas, les suelo decir. Y mejor todavía será enseñarles a hablar desde la conjugación amable y la deferencia, les suelo omitir. Pero bueno, allá ellos y el efecto rebote que los llevará a la baja laboral.

Me cuelo en la sala de profesores imitando la figura fantasmagórica de Machado, o de Azaña.

Hoy quiero pasar desapercibida. Respiro aliviada al ver que está vacía y pongo dirección a mi taquilla, pasando por un tablón de anuncios semivacío y una cafetera todavía humeante. Detesto el desorden crónico que, lejano a los principios que pretendemos transmitir, se apropia del espacio. Varios almanaques se suceden inútiles a lo largo de la mesa central; ni siquiera son de este año. Sortean autorizaciones de excursiones, ejercicios de inglés mal fotocopiados, exámenes sin corregir o tazas sucias con posos de té.

Al otro lado de ella, junto al taquillero sin intimidad, un perchero de pared sostiene varias chaquetas de entretiempo y algunas batas blancas, para aquellos docentes que imparten clase con ella. Me ahorraré mis comentarios al respecto.

Oculto bajo ensayos sobre los físicos más destacados de la historia, como Albert Einstein, Marie Curie o Isaac Newton, un paquete de Marlboro deja ver su rojo escarlata. A su lado, un Clipper consumido revela una habitualidad prohibida. Tomo los dos motivos para abrirme un justificado expediente y los oculto en mis bolsillos; ahora sí que necesitaría la bata de facultativo que tanto les gusta vestir a mis colegas. Agarro también un maltratado periódico que alguien ha debido olvidar, sin ni siquiera saber de cuándo data.

La última cabina de los cuartos de baño para profesoras conoce mi olor. Con el ventanillo abierto de par en par y la muñeca apoyada en su marco prendo, subida al retrete, un cigarrillo. Situarme en la media española de altura me permite cierta ventaja sobre el resto, como fumar de pie sobre el váter, y que ni siquiera se aprecie mi coronilla.

Con el periódico formando un canuto vuelvo al aula, acompañada por un chicle de eucalipto y varios rocíos de colonia para bebé. Absorta todavía en la desinfección de mis evidencias, siempre motivo de preocupación, olvido el parco murmullo, maduro y aceptable, con el que me recibe la clase. Ahora ha vuelto a enmudecer.

Veinte minutos para que termine el día.

No sé quién tiene más ganas de huir a casa, si ellos, o yo. Despliego el periódico por cualquier página y tapo con él mi rostro, queriéndolo aproximar a mi boca para lanzarle el aliento y comprobar, por su rebote, la mentira, en caso de que algún alumno se acerque a mi mesa. Creo que a estas alturas de la mañana solo intentan aguantar el tipo. Como yo.

Salto de página para aparentar la lectura y me ladeo en mi silla, buscando una comodidad que nunca encuentro. Paso la página, la paso una y otra vez. Me produce arcadas el periodismo escandaloso y efectista y, aún más, las paparruchas de la clase política y de todos sus fieles.

Me detengo. Esto parece interesante.

Extraigo una hoja del resto de los pliegues y desestimo el remoto interés que pueda tener en ellos.

«¿Con quién pasamos más tiempo?», cuestiona el titular. «Las relaciones de la vida, en un gráfico», añade la bajada. Sigo leyendo, atraída por un cuerpo de la noticia algo escueto y conciso. «Un estudio analizó los datos de varias encuestas en EEUU entre 2009 y 2019, en las que se les preguntó a voluntarios qué actividades realizaban durante un día completo y con quién. Este gráfico interactivo de *Our World in Data* revela con quién pasaron esas personas más minutos diarios en diferentes edades de su vida, según los datos recopilados por la Oficina de Estadísticas Laborales de EEUU».

Mis ojos se desplazan a las líneas rojas, verdes, negras y moradas que serpentean a través de dos ejes. La noticia revela el tiempo total que los diferentes perfiles de edad pasan solos, junto a sus compañeros de trabajo, o su familia. Continúo leyendo. «Avanzando hacia la edad adulta temprana, los jóvenes de veinticinco años pasan un promedio de doscientos setenta y cinco minutos por día solos y ciento noventa y nueve minutos con compañeros de trabajo. Esto se alinea con las personas de veintitantos que empiezan sus primeras aventuras laborales. A los treinta y cinco años, siguen pasando la mayor parte del tiempo consigo mismas, con doscientos sesenta y tres minutos por día».

La noticia es tan real como aterradora.

Concluye diciendo algo que me hace doblar el pliegue donde se desarrolla y anunciar que la hora de salida ya ha llegado, siete minutos antes de que el timbre lo proclame. Mientras el personal abandona el aula, retomo el papel, arrugado por el sudor de mis manos indignadas y nerviosas. Una columna distraída, como una extremidad perdida en su propio cuerpo, enuncia las palabras más dolorosas:

«El estudio concluyó que las personas adultas, desde su independización, tienden a pasar menos de cien horas al año con sus padres».

Rechazo tácitamente la cerveza con Pablo; mañana me echará un buen rapapolvo al ir en mi busca a la sala de profesores y no encontrarme allí. Me voy dando un paseo hasta casa, pero, al llegar a la rotonda de Alonso Martínez, decido girar dirección a El Retiro.

Compro un sándwich junto a la Parroquia del Santísimo Sacramento, frente a una de sus puertas principales en el barrio de Ibiza.

Son las tres y media de la tarde y el parque está algo sedado. Todavía hace la digestión de sus visitantes matutinos.

Esquivo la zona del gran estanque, no me apetece encontrarme con un Mickey Mouse de dos metros.

Voy en dirección al Bosque del Recuerdo, al otro lado del Palacio de Cristal.

Poca gente sabe que el Bosque del Recuerdo antes se llamaba Bosque de los Ausentes. Menos gente sabe que tiene veintidós olivos y ciento setenta cipreses. Y aún menos gente sabe que cada árbol es una de las ciento noventa y dos víctimas de los atentados del once de marzo de 2004.

Me gusta pasear en su recuerdo, lejos del bullicio turístico que ahoga otras zonas del gran jardín. Mi memoria me ha traído a su memoria; la mía empezará por una semilla, papá, pero pronto será árbol.

Octubre en El Retiro es pensar que existe la belleza en el mundo. Me adentro en una pintura bucólica de Martínez del Mazo. Camino por su óleo, trazando brochazos que su pincel de abanico no conocía. Por ejemplo, transito El Estanque Grande del Buen Retiro. Sin embargo, hoy no veré tus barcas, Juan. Veo en tonos sepia cedros, robles de los pantanos, olmos, jaboneros de la India y sauces llorones que, inclinados, quejan la brisa tibia. Eran más felices en primavera.

Pienso en ti, papá, en tu algoritmo de individuo.

También pienso en Emilio, en Ketty y en Martín. Quiero pensar en cuántos olivos y cipreses necesitaría para restaurar tu memoria, extraña para mí. Pero lo cierto es que solo pienso en cuántas horas pasé a tu lado. Con mamá pasé suficientes, porque las horas con un ser querido nunca han de medirse en *demasiadas*.

Pero fueron bastantes. Lo justo para no arrepentirme.

Con ella me destripé y desembuché lo que jamás te hubiese desvelado a ti. ¿Por qué? ¿Por qué eras una barrera para mí? ¿Por qué no me contaste quién interpretaba tu papel en la obra? ¿Por qué nunca me revelaste quiénes eran Emilio, Ketty y Martín?

No he hecho las cuentas, pero apuesto sin miedo a errar que en tu último año de vida ni siquiera cien horas pasé a tu lado. Eso duele. Antes solo incomodaba, cuando la balanza se inclinaba a favor de las tareas más insustanciales que ponían la excusa sobre la reflexión.

Mi móvil suena.

Quizá sea Pablo, proponiendo a la desesperada un plan alternativo, previsiblemente en la calle Zurbano número ochenta. Él no quiere admitirlo, alega que se lo confesé en una comida de Navidad cuanto estaba bebida. Pero sé que mi dirección la miró en mi ficha docente. Igual que mi número de teléfono.

No, no es Pablo. Es Asunción.

Llama para hacer de hermana mayor.

4

Esquivo a Pablo con un fácil «ni te imaginas lo que me pasó ayer, luego te cuento». Pero ya sabemos que no ocurrió nada, y que tampoco le contaré. Tuerzo la esquina del pasillo tras dejar el aula de 3ºA y dar por finalizada la lección cuarta, «Unión entre átomos». A veces me pregunto de qué sirve todo esto que les cuento a mis alumnos, pero luego recuerdo que apruebo a la gran mayoría de ellos, por si algún día me lo echan en cara o terminan por dedicarse al pastoreo de caracoles.

Son las once de la mañana y voy en busca de Ruth Bonachera. El conserje, al que llamamos El Tuerto, me ha dicho que la encontraría en su despacho; allí estaba cuando ha ido a regar sus plantas. Por hoy, mi jornada ha terminado. Únicamente tengo otra asignatura a las doce, la de mi hermana Asunción. Cuando ayer hablamos por teléfono, le dije que tenía algo que comentar con ella, así que hemos quedado para tomar café en Livanda, cerca de su oficina.

Toco a su puerta con el nervio frío de una recién expulsada que vuelve rogando una segunda oportunidad.

—Hombre, Carmen, qué pasa. Adelante.

Ya no es la que era, pero, al principio, y hasta pasados algunos meses tras mi incorporación al centro, Ruth transformaba su registro para dirigirse a mí, adaptando su lenguaje a mi aspecto moderno. Era como si tuviese un tono y una escala para cada profesor, y eso que ni siquiera sabe que tengo dos dragones japoneses tatuados. De saberlo, seguramente, sacaría medio pollo de cocaína y lo pondría sobre la mesa.

Borrachera impulsa sus gafas de pasta, torpes en su tarea por disimular unos cristales de culo de botella, hacia el puente de su nariz. Quiere tener un aire desenfadado, intentando ocultar una autoridad que le incomoda. Eso dice mucho de ella. De hecho, es profesora de inglés. Quizá por ello tenga un aire *hippie*, siempre con fulares y colores desfasados, pantalones piratas en verano y sandalias algo ortopédicas.

No dejo de observar una mancha de pintalabios carmín en uno de sus incisivos centrales.

—Tía, ¿es que te ha mordido la lengua un gato? —carcajea revelando otro diente manchado de rojo.

—Verás, Ruth, en realidad, no sé por dónde empezar... —digo matando de un plumazo su sonrisa y ocultando unos tiznes de pintalabios que comienzan a empalagarme—. Sabes que hace poco pasé por una etapa difícil de mi vida.

—Lo sé, y no sabes cuánto lo siento. Por aquí andamos algo preocupados por ti. —Ella se inclina sobre el escritorio y coge mis manos, creando una concha con las suyas.

En efecto, no merece que la llamemos Borrachera.

Es buena persona, solo que debe de andarse con ojo a la hora de beber sangría, que la pide hasta en invierno.

—Necesito unas vacaciones, o una baja, pero no tengo aún los papeles de la depresión —miento alargando su gesto hasta el suelo—. Mi mejor amiga es psiquiatra y dice que estoy de manicomio, al borde del desnivel emocional.

Lo que comienza a alargarse es mi nariz. Ni amiga psiquiatra, ni de manicomio. Bueno, puede que de eso un poco sí.

—Además, no os lo he dicho, pero me divorcié hace no mucho tiempo —añado haciendo honor a la verdad—. Y estoy pasándolo mal, muy mal —concluyo rindiendo honor a la mentira.

Joder, no sacaba armas de tal calibre desde que iba al despacho de mis profesores de la facultad para raspar nota.

—Sí, ya conocíamos tu situación de divorcio. Sabes que esto es un patio de vecinos...

—¿Entonces? —insisto obviando un comentario por el que Pablo tendrá que rendir cuentas.

—Carmen, conoces el procedimiento mejor que yo, fuiste jefa de estudios. —En efecto, tuve ese honor, honor que por suerte duró unos pocos meses—. Las vacaciones se solicitan con treinta días de antelación y, con carácter general, el disfrute de las mismas deberá realizarse en periodos no lectivos o vacacionales del centro.

Veo que, tanto la historia del instituto como el Estatuto de los Trabajadores, se los estudia cada noche antes de apagar su lamparita.

—Por favor... únicamente te pido que lo pienses —digo con un empeño casi creíble, inyectando mis ojos en sangre.

—Está bien, lo consultaré con el Equipo Directivo. Por mi parte, tienes el sí. Pero no puedo prometerte nada.

Después de despedirme y abrazarla, exagerando una muerte que me sobrepasa, un divorcio que me retuerce en dolores nocturnos y una carga docente que me supera, pongo marcha al encuentro con mi hermana.

Antes he lidiado con mero cartílago, ahora me toca el hueso duro de roer.

«Dame un minuto y bajo», leo mientras el camarero pone un té chai ante mí. La cafetería Livanda se encuentra en Hermosilla, cercana a El Corte Inglés de calle Alcalá.

Su estrecha acera, como siempre, está en obras, y el sonido se cuela en su laberíntica disposición. Tanto es así, que el taladro percutor parece ser la cucharilla que remueve mi bebida.

Es una buena cafetería para adelgazar, ya que sus puertas lindan con las de una pescadería que desprende un intenso olor desde primera hora de la mañana hasta última hora de la tarde, penetrando hasta las últimas mesas.

Esto hace que se rebaje sensiblemente el apetito.

Asunción entra agobiada, pidiendo un café largo a la barra sin ni siquiera escuchar la respuesta, que le insta a esperar en mesa para ser atendida. Suelta llaves, dos móviles, uno de ellos con la pantalla partida, una acreditación que colgaba de su cuello y varias fundas de papel de las que sobresalen impresos del Ministerio de Justicia, seguidos de una palabra que no es la primera vez que leo, *LexNet*.

Se sienta y vuelve a levantarse, dándose de bruces con la camarera que viene a tomarle nota. Vuelve a repetirlo, tras disculparse con desgana, ahora sumando a su petición dos sobres de sacarina. Hace con sus dedos pulgar y corazón el gesto que acompaña las palabras «café largo» y vuelve a levantarse, esta vez asegurando el perímetro. Me besa en la cabeza, ejerciendo funciones de hermana mayor.

Porque las hermanas mayores besan, no son besadas.

—¿Qué tal si nos tranquilizamos ya, Asun?

—Perdóname —responde revolviendo sus llaves sin sentido—. Esta semana voy de cabeza. Todo son plazos que cumplen y la que va a cumplir soy yo, pero condena en prisión, porque voy a matar a alguien.

—Y los niños y Juan, ¿cómo están? —digo fingiendo interés por su marido, que es un memo, por no decir otra cosa.

—Los niños bien, ya sabes, más liados que nosotros con tanta actividad. Alejandra haciendo de niña mayor en su primer curso de primaria y Bosco siendo un muñeco... Creo que a él me lo comeré antes de que crezca.

Las dos reímos, y yo disimulo que olvido su omisión a Juan. Ella sabe que me parece una persona con la inteligencia justa para pasar el día. Lo supo desde el primer día, cuando juntas lo conocimos. Fue en la barra de la Sala Tuk, un karaoke muy cerca de aquí, en Goya, donde le dije: «menudo gilipollas».

—Y tú, ¿cómo estás? Te diste una buena paliza el otro día en casa de papá. ¿Te ha llamado la de la inmobiliaria? —pregunta de forma consecutiva para ahorrarse la incómoda respuesta del «¿cómo estás?», mientras expulsa los sobres de sacarina sobre la espuma del café.

—Sí, bueno, no fue para tanto. Por cierto, tenéis en Zurbano las cosas que me pedisteis. Y yo, bien. —Remuevo la capa de especias que se ha mezclado con la nata de la leche—. Y la de la inmobiliaria no me ha llamado. Supongo que estará gestionando visitas.

Su móvil suena. Ella lo bloquea y lo voltea.

Sabe que quiero contarle algo. Cruza sus brazos y los apoya sobre la mesa, tras pasar sobre ella sus palmas para limpiar restos de miga de pan. Mis oídos, en el juego de cruzar miradas sin palabra, se hacen más sensibles ante el taladro percutor y la sierra de hormigón. Ella espera a que suelte aquello que venía a soltar; parece ajena al estruendo de la calle y al olor de las bacaladillas y salmonetes.

—Quiero pasar tiempo con papá.

—¿Qué?

—Como lo oyes. El otro día, ordenando su cuarto de los líos, me di cuenta de lo poco que lo conozco.

—Carmen, papá ha fallecido. Lo que pudiste llegar a conocerlo, será lo que puedas llegar a conocer de él.

—Te equivocas. He descubierto que las personas pasamos muy poco tiempo con nuestros seres queridos. Ahora él se ha ido, vale, —Cojo aire para no llorar—, pero merece que yo indague en su memoria y conozca la persona que fue. De mamá, supe mucho. Por no decir que casi todo. De él, nada.

—Escucha, Carmen —dice apartando su casi rematado café e inclinándose sobre la mesa, cogiendo mis manos como una hora antes había hecho Borrachera—. A la vista está que te encuentras superada, aunque me cueste entender por qué te está costando tanto asumir la muerte de papá. Estabas mucho más unida a mamá y, aun así, conseguiste superarlo al poco tiempo.

—Justamente por eso, Asun —respondo apartando sus manos y volviendo a mi té, aparentando que quiero beber y no sentirme una enferma con tanto tacto—. No estaba unida a papá, ni yo, ni tú, ni nadie. Él siempre llevó la máscara de inquebrantable y, a diferencia de mamá, nunca supimos mucho de cómo era.

—¿Y qué leches propones? ¿Vas a exhumarlo?

—No, voy a viajar a los sitios donde él pasó parte de su vida, y donde aún se le recuerda.

—Que yo sepa, siempre vivió en Madrid.

—Precisamente por eso, Asunción —contesto con pronunciados gestos de asentimiento—. Precisamente por eso voy a ir.

De vuelta al piso, cargo algunas bolsas de supermercado que trepan por mis cervicales. Las suelto sobre la isla de la cocina, apartando unas inmóviles cartas que aguardan mi siguiente paso. La compra es, en su mayoría, conservas, legumbres, botes de salsas preparadas y alguna que otra botella de vino. En resumen, cosas que puedo dejar olvidadas sin miedo a mi desidia y, por ende, a la proliferación de bacterias.

El timbre de mi teléfono suena. Es un WhatsApp de Asun, supongo, que me escribe preocupada.

No. Peor.

Es un mensaje de Hugo, mi expareja. Me pregunta con negado disimulo si estoy bien, cómo me encuentro tras el fallecimiento de mi padre. Y lo más gracioso de todo no es que Asun lo llamara inmediatamente después de verme, revelándole nuestra conversación y pidiéndole que me escribiera, sino que muestre preocupación un tío que ni siquiera fue al cementerio de su exsuegro. Eso sí que es para troncharse de la risa.

Archivo su chat sin respuesta y continúo colocando cosas en el frigorífico.

Enciendo la televisión, pero no la tele. Me dirijo a Youtube mientras sostengo entreabierta una de las puertas de la nevera, y reproduzco una sesión musical de Bobby Nsenga. Blues moderno mezclado expresamente para San Valentín. El sensor me advierte con un agudo pitido intermitente de mi irresponsabilidad hacia el medio ambiente y aprisiono el frío que de su interior huía.

La música no es en recuerdo a Hugo; me compadezco de él y de su reciente novia, aunque ya descubrirá lo patán e imbécil que es cuando le ponga los cuernos con otra *junior* de la consultora.

Suena *Love on the Brain*, que conduce mi mirada a la pantalla. Bobby mezcla canciones desde un *loft* en Nueva York, seguramente enclavado en el Upper East Side. Tiene yucas a su alrededor y grandes ventanales sin cortinas a sus espaldas. Y está tranquilo, muy tranquilo. Lo abrigan luces indirectas con bombillas moradas que, a su paso por las níveas pantallas, se vuelven algo rosas.

Mi WhatsApp vuelve a mugir. Esta vez sí que se tratará de Asunción, disculpándose por traicionar mis confidencias.

No, tampoco es ella.

Es Ruth, Ruth Bonachera.

«Hemos tenido junta extraordinaria el Equipo Directivo por una expulsión reincidente de un alumno de último curso. He sacado tu tema. Ok a las vacaciones».

5

Esta mañana me he pintado los labios con el *número* 999 de Christian Dior. No me daba tal gusto desde hacía tiempo. Después, a la entrada del colegio, he tomado una toallita que por suerte tenía en el bolso y he hecho una masacre con mi boca.

Había olvidado que estoy al borde de la depresión y con un pie en el manicomio, y que las enfermas no se pintan los labios de rojo carmín.

Como si hubiese besado a un veinteañero en los baños de una discoteca cutre, limpio las comisuras de mis morros mientras Pablo me aborda en las proximidades de la sala de profesores. Quiere saber cómo me encuentro; ha llegado a sus oídos lo de mi baja vacacional. No me apetece soltarle un sermón acerca de la confidencialidad de las intimidades ajenas que son compartidas por confianza, así que me limito a poner una mano en su hombro y decirle que estoy bien, muy bien, que solo necesito un descanso. ¿Lo entenderá? ¿O se presentará en mi casa, alegando que pasaba por el barrio, como ya hizo una vez?

Le sonrío, arrugando los párpados para que se lo crea.

Me caes bien, Pablo, pero comienzas a ser un plasta.

Empiezas a parecerte al resto de divorciados.

Cinco días laborables. Esas son las vacaciones que Ruth me recuerda antes de entrar a clase. «Gracias», le digo buscando otras manchas en sus dientes. Nos abrazamos. Luego entro en el aula de 2ºB, interrumpiendo corros en torno a pupitres y *selfies* con filtros de perrito. También algún partidillo de fútbol que está en su punto más álgido. Son chicos buenos, que se sientan y quedan en relativo silencio mientras yo me desprendo de mi chaqueta y ordeno los libros sobre la mesa.

Repaso algunos puntos de un examen ya confeccionado, les revelo indirectamente qué entrará en él. Ellos toman nota. Aclaro algunas dudas colectivas y otras individuales. Vuelven a retomar el estudio, yo abro el ordenador. Amenazo con tener el examen ante mis ojos y editarlo si se ruborizan desmedidamente. Saben que bromeo, saben que siempre lo hago, ya son mayores para diferenciar qué es guasa y qué no. Yo, por si acaso, les suelo ayudar riéndome.

En realidad, accedo a sitios webs para buscar mi medio de transporte hasta los lugares que visitaré. Tomo un folio y hago un pequeño programa. Ellos llegan a pensar que estoy rehaciendo un examen más difícil, por si las moscas.

Son seis madrugadas. Basta con pasar algo menos de dos días en cada ciudad. Estudio las mejores combinaciones, las más efectivas para ahorrar un tiempo del que no dispongo. Mientras tanto, elijo careta. ¿Haré de detective privado? ¿De periodista? ¿Acaso de investigadora particular? Me abochorno al pensar que protagonizaré la secuela de una película de sobremesa, tomando el papel de chica que viaja buscando respuestas. Eso que siempre vemos en el cine y que, incluso, llegamos a normalizar.

Pero esto es España, no Wisconsin.

Finalmente, la combinación parece sencilla y casi definitiva. Los horarios de los trenes también parecen auxiliarme en mi decisión. Viajaré mañana hasta Barcelona, en el trayecto de las doce y media de la tarde. Después, en la propia estación de Sants, tomaré un tren hasta Santander, donde también pasaré dos días. De ahí cruzaré nuestro pequeño mapa hasta la andaluza Málaga y, en apenas cuatro horas, volveré al núcleo geográfico, Madrid.

Soy consciente de las quejas que pesarán sobre mí cuando vuelva; las sonoras, procedentes de los padres de mis alumnos. Tendré que reunirme con ellos para responder ante unas horas lectivas vacías. Las mudas, con origen en mis compañeros de trabajo, que protestarán justificadamente sobre un evidente trato de favor por parte del equipo directivo.

Pero eso son problemas de la Carmen del mañana.

Los chicos tienen trabajo. Antes de abandonar el colegio, ordeno en diferentes carpetas los exámenes que deberán realizar en mi ausencia. Uno por clase. Escribo en ellas, tras el nombre de la docente que cubrirá la tarea en mi lugar, algunas instrucciones a seguir antes de su abordaje. Son manías, manías estúpidas a las que ya no puedo renunciar. Entre ellas, no girar los controles hasta que estén repartidos en su totalidad, así como nada de estuches, calculadoras, líquidos o cintas correctoras o cercanía entre examinados. Cosas que todos ellos saben pero que, en honor a la picaresca propia de sus edades, tratarán de omitirle a mi compañera.

Salgo por la puerta de atrás, no tengo ánimo para ruedas de prensa o interrogatorios. Cruzo el aparcamiento simulando, con el teléfono móvil pegado a la oreja, que estoy en mitad de una importante conversación. Me despido con la mano de Charo, la profesora de Lengua y Literatura, una víbora clasista que siempre quiere estar en mitad del cotilleo. La pierdo entre los árboles, donde me encuentro con El Tuerto.

—Hombre, Tuerto, ¿cómo estás? Qué alegría verte.

Al principio, no podía creer que la gente lo interpelara directamente de esa forma. Me echaba las manos a la cabeza. ¿En qué mundo se le podía llamar a un ser humano de manera tan insultante?

Pero después, pasados unos meses, y al ver que él mismo se refería a su persona como El Tuerto, la cosa cambió. Yo también empecé a dirigirme a él con esos términos, y forjamos una relación en la que, a pesar de no llegar a saber cómo se llamaba realmente, compartíamos momentos de reflexión dignos de manuales de vida.

Y sigo sin saber cuál es su verdadero nombre.

A veces pienso que ni él mismo lo conoce.

—Pues ya ves, Carmencita, liado con los cipreses.

—Dale tregua, fiera, que te vas a quedar doblado con tanta poda —bromeo con la cabeza metida en el bolso—. Si los demás cuidásemos del colegio tanto como tú, saldría en la revista de la Comunidad de Madrid.

Por fin encuentro las llaves de la puerta del *parking*.

—¿Cómo estás? —pregunta El Tuerto aupándose entre quejidos, entrecerrando el ojo que no permanece nublado.

—Estoy, Tuerto, estoy. Que no es poco.

—Ya te digo porque, con esta vida, bastante es —reflexiona quitándose los guantes anticorte marrones—. Me han dicho que te vas. Me lo ha dicho Charo, la de lengua. Que te vas unos días de vacaciones, que lo necesitas.

—Así es. Lo necesito. La muerte de mi padre me ha venido grande. A veces las cosas que vienen grandes no lo parecen tanto en su comienzo.

—Así es, Carmen, así es. —Da un paso hacia delante—. No sé por qué te vas, ni a dónde. Pero creo que haces bien. Yo no sé mucho de casi nada, ni siquiera de plantas, que son mi pasión. Pero sí sé algo que un profesor de filosofía, ahora jubilado, me contó donde tú estás ahora mismo.

El Tuerto vuelve a acercarse, él sabe que disfruto de su conversación.

Tiene inteligencia social, lejos de lo que puedan opinar los paletos que se esconden tras la teoría de los libros. Porque paletos también son aquellos que se alejan de la práctica.

—¿Te gustan las historias? Esta será breve —añade—. Se cuenta que Pitágoras se encerró en una cueva y que, cuando salió, flaco y macilento, gritando que volvía del infierno, se pudo ver en él algo divino.

Me quedo algo muda, mirándolo con la cabeza torcida.

—Así que no dudes en irte, en desaparecer, al menos, de tu sombra —continúa—. Porque la única forma de volver, es retirándote. Y la única forma de descubrir aquello que has de descubrir, es alejándote.

El Tuerto recoge los guantes del suelo, vuelve a gemir del dolor. Extiende la palma en vertical sobre su frente, retirando el sudor que segrega el prematuro mes de octubre. Me guiña el ojo, su único ojo vivo. La conversación ha terminado.

Suena en mi apartamento *Mary On A Cross*, de Ghost. Es el dulce himno que reproduzco en bucle cuando me da pánico hacer algo. La pongo una y otra vez, nunca me canso de ella. La canción habla de una chica que es vista por muchos como una santa, cuando la realidad es que oculta un oscuro secreto. Esa realidad, de la que yo no puedo fardar, la consuelo al reconocerme parcialmente con un lado, más que viperino, secreto. Porque el triunfo de estos días se acuna en dejar algo para tu propia intimidad.

En dejar a un lado los *hashtags*.

Enciendo mi ordenador para imprimir los billetes de tren. Cierro las cortinas; creía que la claridad sería insuficiente para ver mi rostro reflejado en su pantalla retina. Pero sí lo es, y ahora mismo no estoy a gusto conmigo misma.

Siento que he mentido a un instituto entero y que el único que me ha cazado ha sido El Tuerto. El más inteligente, o el más preocupado. También pienso que allí mismo me ha perdonado en nombre de todos. Quizá lo ha hecho al contarme la leyenda de Pitágoras, o quizás al guiñarme el ojo, su único ojo, en un gesto valioso al hacerse ciego durante milésimas de segundo. Porque cuando una persona con dos ojos guiña, te regala la ceguera de uno de ellos, te regala parte de su más preciado milagro.

Pero cuando un tuerto te guiña su único ojo, te está dando todo de él.

Ahora mi alma pesa, aunque no sepa con exactitud dónde encontrarla. Puede que sea mi cabeza, o mis piernas. O yo entera. Pienso en mi materia, que tiende a ser más *nada* —energía—, que *algo* —materia—. Siento culpa, por lo que mi subconsciente está dejando una huella negativa en el campo cuántico. La cosa se enreda manteniendo la sencillez, pero dejándome mal parada: el observar las infinitesimales partículas del átomo afecta a la conducta de la energía y la materia, es decir, solo cuando el observador se fija en cualquier localización de un electrón, es cuando aparece ese electrón. Dicho de otra forma: mente y materia es lo mismo.

Y mi mente ahora mismo es una mierda.

Para desviar los pensamientos, basta con hacer algo que adores hacer. En mi caso, eso hoy no es posible. Me castigaré abordando algo que, por el contrario, detesto: la maleta.

Bajo de un altillo el gran bulto y lo dispongo abierto sobre mi cama. Hace tiempo que nada se dispone abierto sobre ella. El reto no es otro que ordenar en su interior tres climas totalmente diferentes. Y el reto también reside en asociar la careta que he decidido ponerme, de investigadora particular, con ropa apta para ello. Por tanto, dejaré a un lado a Roberto Verino.

Tomo unas cuantas fotos de mi padre, en previsión de cabezas que pueden haber perdido algo de lucidez por los años. Cojo también un cuaderno, todas las cartas y los billetes de tren. Cierro la maleta al cabo de un dilatado rato de duras decisiones. Bueno, eso sería exagerar. Dejémoslo en *engorrosas decisiones.*

Son las seis y media de la tarde. Asun ha de estar en casa con los niños. Incluso, con el bobo de su marido. Haré de buena hermana y le llevaré los bártulos que golpean las puertas de mi armario. Sí, lo haré en defensa del minimalismo de mi piso, pero de cara a la galería será por auxiliar a una madre en apuros.

Parecen proceder de la flor y nata de Madrid, estirpe atetada en las entrañas históricas del Barrio de Salamanca, con nombres de pila de lo más elitista que proclaman memoria familiar a gritos; caviar iraní, trufa blanca, atún de aleta azul, jamón de bellota o, mejor aún, jamón de marranos que han sido alimentados con caviar iraní, trufa blanca y atún de aleta azul. Pero no. No viven en calle Jorge Juan. Viven en Coslada. Así es mi hermana.

La puerta de entrada exuda un griterío ensordecedor. ¿Aún estoy a tiempo de huir? Miro a un lado y a otro del rellano. No, demasiado tarde. Unos pasos se aproximan, respondiendo a las voces que aúllan sin dar tregua.

—Joder, qué bien que has venido. Bosco vomitando, y la niña con crisis existencial.

—No he venido para ayudar, que conste —bromeo.

Asunción tiene un moño que podría ser constitutivo de despido si así lo llevara a la oficina. También tiene restos de vómito en la sudadera y el rímel algo corrido. Un bebé de casi un año se descuelga en su hombro, quizá no recuerde que lo lleva puesto. Más que un tentáculo extraño, parece un apéndice que va de serie con su busto. Esperemos que no le crezca otro.

—Se te ve cojonudamente bien, Juan, ahí sentadito viendo el fútbol.

—Qué te iba a decir... ah, que me han dicho que como los maestros no tenéis suficientes vacaciones, te has cogido unos días más —responde hurgándose la aleta izquierda de su pimiento.

—Profesora, no maestra. Y veo que sigues igual de gordo.

Ya había advertido de que nuestra relación no es la mejor.

Acudo a las faldas de mi hermana, que acuna a Bosco y va en busca de un termómetro para enchufárselo por el oído.

—¿Dónde está Ale?

—En su cuarto, encerrada, hasta hace un rato llorando. El berrinche de esta vez es porque no tiene bailarinas rosas.

—Santo Cristo. —Solo aludo a Dios cuando estoy rodeada de niños, ya que en otras situaciones no necesito invocarlo—. Voy a buscarla.

Alejandra remolonea en la cama huyendo de sus propias sonrisas, con la cabeza hundida entre la almohada y el edredón, haciéndose de rogar ante mis cosquillas. Termina por darme un abrazo. Tiene los carillos como pomelos después del esfuerzo de su teatro. Está acalorada.

—¿Le vas a contar a la tita lo que ha pasado?

La muy muñeca se hace la tímida, la pava; me enseña sus uñas, uñas atiborradas de purpurina, después sus peluches, que tienen una historia que contarme. Toma mi mano y me muestra su disfraz de Rapunzel, después nos sentamos en el suelo y jugamos a ser princesas. Bonita, tú no tienes que jugar a eso, ya lo eres.

Volvemos igual, de la mano, tregua hecha y armisticio negociado. El hermanito está malo, toca ser mayor y cuidar de él.

Mientras tanto, el otro imbécil sigue tumbado en el sofá. Nosotras nos abrigamos en la cocina.

—Así que, entonces, te vas. —Suelta una carcajada—. No sabía que estaba emparentada con una loca.

—Sí, y me voy con el reloj a cero.

Asunción finge entender la respuesta, tomando el cajón de los tés y poniéndolo ante mí, a modo de ofrenda, y yo tiendo el dedo apuntando a la manzanilla; necesito digerir la estupidez humana de Juan, que ardores me produce.

—Nunca has sido convencional —dice ella evocando mis defectos, pero yo lo tomo como un cumplido—. Nunca has querido hijos, nunca has querido las cosas corrientes.

—¿Y esto viene a son de...?

—De que entiendo este viaje. Eres diferente.

—Sí, tanto que a veces te asusta.

Asun sirve las infusiones en grandes tazas y yo abrazo la gran bañera azul, donde mis dedos no llegan a tocarse.

—Y con Hugo, ¿todo bien? —Busca algún tipo de promesa en mi réplica, en base a evidentes deseos de reconciliación.

—Si con «todo bien» te refieres a contacto cero, sí. Todo bien.

—¿No te arrepientes a veces de haber cerrado esa puerta? —ella insiste, el miedo a la soledad empuja su tozudez.

—Tenía que pasar lo que pasó y el amor llegó a vivir, incluso, con tiempo de descuento —dictamino—. Estoy bien, de veras, tranquila conmigo misma porque, tal y como dijo Fréderic Beigbeder, el amor dura tres años.

6

He aquí una lección histórica que es necesaria relatar en lo que una persona humana y de velocidad media —por ende, dejo a un lado ciudadanos de Madrid—, tarda en cruzar el paso de cebra que separa el Hotel Mediodía de la Estación de Atocha, y es que mi madre me contaba esta historia cuando nos perdíamos por este criadero de gatos.

Atocha no siempre ha sido Atocha. ¡Dios mío, manos a las cabezas!

Cuando se inauguró, la llamaron Estación del Mediodía. En realidad, llegó a tener más nombres, pero el paso de peatones no es tan grande —ni yo soy tan lenta—, así que solo mencionaré esta rebautización del tan emblemático edificio.

La atocha es una planta, concretamente, el deslumbrante esparto. Cuentan que un camino plagado de atochas o espartos, olivares y cañizares, llevaba al santuario de Atocha, donde se ubica una puerta por la que entraban a la ciudad carros llenos de esparto que servían a los artesanos madrileños para confeccionar canastos, cestas, cuerdas y papel de esparto.

En cuanto al momento histórico donde podríamos ubicar este relato, clave en el desarrollo económico y urbano de la capital, no puede ser otro que la época de antaño.

Y me ha sobrado toda una franja blanca por pisar.

El día arrecia un calor sobrenatural, quizás empujado por *La mémoire de la femme-enfant*, óleo de Salvador Dalí que queda a mis espaldas, en el Museo Reina Sofía, junto al Hotel Mediodía, tan sobrenatural como la temperatura, no el museo, ni el hotel, sino la pintura, y frente a la ya no apodada Mediodía, ni siquiera Mediamañana o Mediatarde, Estación Madrid-Puerta de Atocha-Almudena Grandes.

Joder, para explicar esa denominación necesitaría cinco pasos de cebra como el que acabo de cruzar, si no seis.

Ato mi chaqueta a la cadera y, una vez en el interior del complejo ferroviario, busco las pantallas de información. La vida en este lugar es como la conjura de los inútiles; criaturas que nos empeñamos en estar en un mundo que nos produce callos pero que, a la vez, nos brinda el placer moderado de abandonarlo.

Por eso hay trenes a Toledo, porque existe Madrid.

Vehículo 3123. Barcelona-Sants, señalan leds naranjas. Primera planta. Salida a las 12:30. Son las 12:25.

Un poco de pánico.

Rampa arriba. No, señor, no quiero un décimo de lotería. Mi lotería será llegar a tiempo. Cola. «Disculpe», «permiso», «voy muy tarde, ¿sería tan amable de dejarme pasar?». Control. Posición de Jesucristo. Mosquito a la luz, hacia la pantalla en la que la palabra «Barcelona» está a punto de sustituirse por otra. La azafata me divisa a lo lejos. Veo que pulsa un botón para volver a abrir la puerta automática, que ya estaba cerrada. Gracias, maja. Juego al quema con hombrecillos y mujercillas de negocios, consultores y abogados de maletín colgado, no de piel, sino de polipiel. Las pieles viajan en avión. Tienen la atención distraída en un segundo móvil de empresa, donde chatean con amantes.

Por eso corro jugando a su escondite.

Ese es el zoológico un día de semana en una estación.

La amable azafata me recibe con un «por los pelos». Coche siete. Me juzgan a través de las ventanillas exteriores. No os preocupéis, yo también soy de esas. Maleta arriba, bolso abajo, culo al asiento. He llegado.

Mi móvil suena, me apresuro en quitar su volumen. Voy en el «vagón silencioso», lo cual solo puede significar una cosa: paz. Bueno, una que viene derivada de otra: no hay niños.

Traigo las cartas de Emilio, de Ketty y de Martín. También algunas fotografías de mi padre, un cuaderno que él mismo me regaló y caramelos de regaliz y menta. Incluso, aquel recorte de periódico que se apareció ante mi como la Virgen en Fátima. Eso a *grosso modo*. Vuelvo a mi Iphone. Casi lo olvidaba.

Ignoro por un segundo los *gifs* que Asun me envía por WhatsApp, los memes de Pablo y los mensajes de la chica de la inmobiliaria. Pulso la aplicación del reloj, después cronómetro: temporizador a cero. Comienzan a correr los segundos.

Hablemos de papá.

Barcelona-Sants se alza como un coloso de acero y cristal; de sus rebautismos no sé nada. Simulo cierta prisa y abandono los pasos apresurados, que pulen el suelo de mármol con su fricción. La última vez que visité esta húmeda villa fue siete años atrás, cuando Trump y las ondas surferas para el pelo se pusieron de moda. No sé qué hizo más daño a la sociedad.

Recorro la Ciudad Condal en un Prius con tracción total. Podría decir que soy conocedora del dato por mi amplia cultura automovilística, pero la realidad es que el taxista que conduce este coche japonés —país de origen también revelado por él— tiene ganas de charlar.

La vida pasa veloz por la Gran Via de les Corts Catalanes, concretamente, a unos setenta kilómetros por hora. El día es soleado, aunque lejano al calor que he dejado en Madrid. El desvío llega por la Ronda de Sant Antoni y nos acercamos a las inmediaciones de la *plaça* de Catalunya. «Me quedaré por aquí».

El Hotel Ciutat Vella se define como un hotel-*boutique*. Es una bonita forma de justificar la falta de espacio. Su puerta es contigua a la de una tienda de CBD, otra bonita forma, en este caso, de referirse al cannabis.

No es lo que tengas, sino cómo lo llames.

El número sesenta y seis del *carrer dels* Taller tiene bastante luz en un sentido literal, y luces y sombras en un sentido figurado. Al taxista le ha dado tiempo de hablarme de todo.

Parece ser verídico que, durante la Edad Media, algunos colectivos repudiados, como los cordeleros, se instalaron en esta calle a espaldas de la muralla. El motivo de la segregación no era otro que el de la creencia extendida de que estaban malditos, al fabricar las sogas con las que se practicaban las penas de horca. Esta calle también vio cómo se instalaron en ella los primeros burdeles de Barcelona, asistiendo además al nacimiento de Enriqueta Martí, o la Vampira del Raval.

—Joder, Pep, dime algo bueno de la calle en la que voy a dormir.

Él se reía.

—Pues sí, cosas buenas tuvo, y tiene —decía, como por ejemplo acoger el nacimiento de la industrialización de la ciudad, contar con una iglesia que fue fábrica y hospital militar, o ser la cuna de comercios relacionados con la música, por no hablar de los bares con más encanto de toda Barcelona.

—Vale, Pep, eso de los bares me anima algo más.

La habitación es correcta, más que suficiente para lo que he venido a buscar. La azotea sí consigue hechizarme, tal y como hacían los cordeleros siglos atrás. Con dos bonsáis de olivo a cada lado, el césped artificial conduce a una tarima elevada donde un *jacuzzi* conserva el agua de verano. No es desmesurada en su extensión, ya que ocupa la anchura total del pequeño edificio, pero sí lo es en las vistas que ofrece. Hogar de querubines, cielo totalmente azul. Azoteas que son el purgatorio de los transeúntes.

Vuelvo a mi habitación. Despliego sobre el escritorio las cartas del señor Pont. Por fin estoy cerca de ti, Emilio. Lista para que me desveles un prisma encubierto de lo que fue mi padre. Enciendo mi Macbook y entorno las cortinas del balcón que dan al ojo de patio. Vuelvo a la aplicación del reloj y reanudo el cronómetro: hoy haré trabajo de investigación, mañana de campo.

Tecleo nombre y apellido del misterioso confidente y, tras ellos, la dirección manuscrita en el sobre: vía Layetana, 32. No se distingue nítidamente en la panorámica a pie de calle, pero alcanzo a ver en el mapa virtual un primer piso cuyo rótulo enuncia el mismo nombre. Parece demasiado fácil. También lo parece la forma de llegar, que basta con un paseo no superior a treinta minutos. No me alarmaré; a veces lo fácil es, simplemente, fácil. No siempre lo sencillo es la antesala de un río con cocodrilos. En ocasiones la buena suerte existe y nada ni nadie la recrimina.

Mentí cuando dije que había traído *algunas* fotografías de mi padre. En realidad, quería decir muchas. Bueno, la real realidad, la de la buena, es que traje todo un álbum. Pero dudo que por Madrid lo echen de menos.

Sobre todo, mi hermano Mario.

Las instantáneas hablan del caducado mapa de su tesoro: la juventud. Él siempre fue un explorador empedernido, no solo de los paisajes cársticos, sino también de sus propios límites. Así lo hacía saber a través de sus anécdotas, y así queda constatado en las fotografías que ahora mismo se suceden entre mis manos.

Su minuciosidad en las tareas que disfrutaba era exquisita, tanto es así, que cada imagen revela una leyenda en sus faldas: «Playa de Cancho del Fresno, Cáceres», «Cascada del Xallas, en Ézaro», «Grutas de Cristal de Molinos», «Arribes del Duero, excursión a la preciosa Zamora». Nunca me habló de esos sitios. Tampoco me llegué a molestar en leer sus notas a pie de página.

Las notas a pie de página son importantes, porque revelan la rareza, la extraordinaria rareza, de una persona tan poco corriente como un fenómeno celeste que se manifiesta cada cien años. Así era mi padre. La conjunción de Venus y Júpiter.

También dormía con un pie fuera de la sábana. No era cristiano, pero se santiguaba cada vez que subía a un avión. Le encantaba decir «caramba» y, si no había pan, no podía tomar yogurt o plátano. Todo lo relacionaba con los números, hasta el punto de sumar matrículas o peldaños para buscar una conexión remota con otro hecho igualmente remoto.

Alguien dijo una vez que las manías familiares se heredan. Eso me parece bello. La sucesión de una rareza de un cuerpo a otro cuerpo desobedece los principios de lo material, desobedece incluso al todopoderoso Impuesto de Sucesiones y Donaciones. Eso sí que hace de esta herencia un milagro celeste. Recuerdo cuando jugábamos a imaginar mapas y caras en cualquier parte, incluso en la comida, pero especialmente en las nubes. Tú eras doctor en la materia. Eras capaz de ver los rostros de las personas más lejanas de nuestro entorno, o la circunferencia de ciudades que nunca habías visitado, al menos conmigo. Perros, halcones, constelaciones, la tía Pilar.

Todo cabía en un plato de sopa de estrellitas. Ahí yo me asomaba y veía el mundo entero.

Te quiero, papá.

Tras detener el cronómetro, descorro las cortinas y observo que la noche comienza a caer. Ordeno un poco el desastre y tomo una larga ducha de agua caliente, una de esas que solo se toman en los hoteles. Pongo algo de colorete en mis pómulos y Christian Dior 999 en los labios. Quiero repetir los pasos que mi padre alguna vez debió dar.

Hay perfume de paella descongelada a las siete y media de la tarde. *Flashes* sobre grandes jarras de sangría que deslumbran más los enrojecidos mofletes nórdicos que el propio vidrio. Rosas que ninguna pareja quiere. Camisetas de fútbol sobre lonas blancas, palomos y quiosqueros con agua helada. Me alejo del «gazpacho andaluz», «jamón serrano and flamenco», «typical tapas» y otros carteles de pizarra con efusivos relaciones públicas que apuntan con su bolígrafo a mi pecho.

La playa ha de pasearse descalza y, a poder ser, triste, y, aunque parezca fácil la tarea, por aquello de ser un sentimiento ordinario, casi basto, no lo es en absoluto, no por la ausencia de motivos, sino por la propia vorágine de la vida, que puede privar del sentir sincero. Aunque tampoco sabría decir si estoy triste. Veo la vela de cristal, que se alza cien metros hasta el cielo. Ella mira al mar, y tiene voces en su cabeza, que le hablan de lo que hay a sus espaldas. La ciudad.

Esas voces que relatan las calles, y las carreteras, y la ladera sur del monte Carmelo, donde se encuentra el Park Güell, y la fresca hierba, son sus huéspedes. La vuelvo a mirar. No tiene tristeza, tiene tristura. Tiene las más bellas vistas, las del mar, pero solo tiene esas. Algo así como yo me siento.

Mis vistas ahora mismo son Hugo. Me siento sobre la arena.

Nos conocimos en el cumpleaños de Pati, esa amiga *para siempre* que se enamora y se convierte en *para nunca*. Cumplía treinta añazos. Recuerdo haberle dicho, a la mañana siguiente y con una resaca de órdago, y tras preguntarle quién era el chico de la camisa con cuello *mao*, que los treinta eran los nuevos veinte. Ella me respondió que todas esas cosas, como que los jueves eran los nuevos viernes, eran solo excusas para seguir borrachas. Tras una conversación que no quiero recordar, ella me dio el Facebook de Hugo. Él también se había fijado en mí.

Mariposas que luego revertirían en larvas.

Yo llevaba cuatro años como profesora en el Instituto de Educación Secundaria Joaquín Turina, primer destino tras unos años de estudio. Él era, y es, consultor de transformación digital en un fondo de inversión danés. No sabía muy bien qué demonios significaba eso, pero sonaba atractivo.

Me dejé embelesar por los cuatro atributos rancios que se buscan cuando quieres dejar de creer en que los treinta son los nuevos veinte, a saber: pelo en la cabeza, buen trabajo, estatura no inferior a la de la dama cuando lleva tacones y, a poder ser, soltero. Bueno, en realidad, son tres atributos.

Mi padre resopló, mi madre asintió, Asun suspiró y Mario se irguió. Todo fue bien hasta que llegó el noveno jueves de la relación, consolidada a los seis meses del cumpleaños de Pati.

Él se fue de *afterwork*.

Las horas de salida comenzaron a demorarse cada día más, las formaciones fuera de Madrid se exigían con mayor frecuencia que antes e, incluso, llegó a ser obligatorio acudir a la oficina con los genitales rasurados. Pasaban los años.

Y yo, como física, apliqué la Ley de la Gravitación Universal. Y acerté. Hugo era responsable de área, ella *junior*. Él tenía mucho prestigio, ella poco o ninguno. Él alimentaba con piropos y reuniones su volumen, y ya se sabe que dos cuerpos se atraen en virtud de sus masas. Y cuanto más aumentaba la densidad de su cuerpo, mayor era la fuerza de atracción y menor la distancia entre ellos. Así que, en definitiva, se enrollaron.

Mónica y Hugo fueron la afición de la empresa durante meses, la comidilla de la torpeza emocional que se saldó con dos víctimas, el novio de ella y la presente narradora.

Quiero pensar en que yo resulté menos obtusa que mi homólogo en la tarea por destapar el crimen, sin embargo, sí fui más inútil que nadie en llegar a admitirlo.

Recuerdo mi frase lapidaria una noche de agosto en la que veíamos *Call me by your name*. Hugo se arrimaba al extremo opuesto del sofá para contestar los mensajes de ella.

—Dile a Mónica que muy pronto no tendréis que hablar como adolescentes, por mensajitos, sino que podréis dormir juntos y deciros cuánto os queréis cara a cara. Te quiero, pero no como antes, sino fuera de esta casa, concretamente cuando el sol despunte por el primer tejado de Madrid.

Tampoco olvidaré su boca entreabierta.

Aquella actuación estelar, buque insignia de mi historial de intervenciones, obra crepuscular de mi biblioteca personal, se convirtió en testamento vital con única heredera Carmen Hueso.

Cada vez que volvía a morir, me lo hacía recordar.

La mentira había durado demasiados años, incluso, había aprendido a aburrirse. El peor de los males que puede sufrir una mentira es el del aburrimiento puesto que, igual que le ocurre al queso, o a la uva, la mentira puede llegar a transformarse en corriente por causa del fermento del aburrimiento. Y eso es algo común en las relaciones.

Podría, incluso, crear una ley: el fracaso de una pareja es directamente proporcional al aburrimiento de las mentiras que se cuenten, e inversamente proporcional al mantenimiento del miembro viril en la bragueta.

Voilà.

Tras un *gyro* con demasiada salsa, un paseo a la luz de los neones y un par de cigarros comprados en un local junto a La Boquería, fumo y bebo, y bebo y fumo. Recorro las vetas de un Raval con insomnio y me uno al estercolero de vidas sin más provecho que el de repetir la farra de la noche anterior.

Sin saber cómo, despierto en una conversación de humo, atrapada tras una leonera de mesas encastradas, papel pintado y deslucido y quintos de cerveza que viven el poliamor de nuestras confundidas bocas. Estamos en torno a un señor con edad de no hacer lo que hace, pero él parece desvivirse en cada leñazo que arrea a su guitarra. Me preocupa una vena que quiere salirse de su cuello, pero me tranquiliza la americana que lo viste, su camisa blanca desabotonada, una medalla de la Virgen del Carmen, la perilla blanca perfectamente perfilada y una pelusa engominada que toma forma de cresta.

Anacrónico «viejoven», no mueras nunca.

Sus zapatazos de charol atraen palmas y misereres laicos, y fumamos porque aquí parece que nada importa demasiado.

Un quinto de Estrella Damm roza mi hombro y supera mi espalda, sujeto por una mano de pianista. Esa mano lo pone ante mí, con un golpe seco que percute un momento en que *Todos los besos* necesita un plus de percusión. Yo me giro.

Ahora recuerdo qué hago aquí.

Me había fijado en su mirada, canalla, en la que había algo infantil, casi de *enfant terrible*. Y lo había hecho en aquel local de alimentación, de luz excesiva, del cual generoso sería decir sobreiluminado, próximo a La Boquería, donde el propietario del mismo se negaba a cobrarme con tarjeta. Él daba dos pasos al frente y ponía sobre el mostrador dos latas de cerveza y un billete azul, mirándome con esa mirada ingenua, a la par sucia, y diciéndole a un hombre agotado de la noche barcelonesa: «cóbrame también lo de ella».

Ahora un hoyuelo y medio del otro, entreabiertos como vasijas y fabricados con finos poros que los hacen de porcelana, me sonríen. Yo causo refracción en ellos.

Tiene el pelo ondulado, canoso bajo las sienes, barba espesa que no actúa como maquillaje, talla más allá de cualquier dama con tacones. Mucho más allá. Sus gruesas cejas se arquean en cada respuesta. Habla de arte. Creo que se llamaba Carlos.

Sí, lo confirma una voz en torno a la mesa.

—Me gusta la arquitectura de tu rostro —se dirige a mí con lejano deje andaluz—. Es casi laberíntica.

Vuelvo a despertar en las calles de Barcelona; Carlos y yo vamos a la deriva. Caminamos a ninguna parte, hablamos de todo y de nada. Risotadas sorbidas por la sinuosidad del casco viejo. Frío, pero a la vez calor. La madrugada parece eternamente joven.

Carrer dels Taller, 66.

7

Reanudo mi cronómetro.

El plano de Barcelona es como un gran tablero de ajedrez, o como un *Sudoku*, o como una gran pared de azulejos, un panel solar o un campo de cultivo. O como Juan, el marido de Asun.

Cuadriculado.

Pobre Juan; bendita ciudad.

Sería injusto afirmar que El Barrio Gótico es lo opuesto. Él también es cuadriculado, aunque a su manera. Es como si sus calles se hubieran pasado de copas la noche anterior —quizá anduvieron por donde yo anduve, bailaron lo que yo bailé y canturrearon lo que yo canturreé—, o como si el café y el cuero curtido contrabandearan con el tiempo, cada uno en su dirección; «¿qué pintas tú aquí?», se preguntarían en un cruce de esquinas.

Todo aquí es *como si*. Nada puede describirse sin cotejo.

Estas correderas encarnan las enmarañadas raíces que el hormigón armado una vez tajó, impidiendo su florecimiento al privarlas del agua de cultivo. Volviendo al *como si*, es como si sus callejones fuesen los vestigios de una glaciación contemporánea, el lugar de recreo de matones como lo inexacto, que ahuyentan a la ciencia de la física, mi física, que sueña con ser determinada en este laberinto.

Vagabundeo paladeando hálitos salinos que quisieran ser del musgo, vivo en las paredes como legañas mojadas. Paro el cronómetro. Fachadas de superficie rugosa que me hacen pensar en la barba rizada de Carlos. Reanudo el cronómetro: desemboco en Vía Layetana.

Vuelvo al hormigón armado, y al tráfico, y a los cláxones. Frunzo el ceño, será que no me gusta tanto mi física.

«Emilio Pont & Asociados», leo en un rótulo ubicado en el primer piso del bloque. «Administradores de fincas», continúa escribiéndose en la ventana contigua. Cruzo la vía sin practicar un discurso, sin visionar escenarios y sin haberme dejado mirar por un espejo en las últimas dos horas. El portero del edificio me ladra al pasar de puntillas por su recién enjabonado suelo. Yo respondo con un «perdó» y dos «perdone», y subo los peldaños que acceden al ascensor y a los bajos del bloque. «No toque al timbre, pase sin llamar», enuncia un cartel situado bajo la mirilla de la puerta que buscaba.

Frente a una entrada, todo es indecisión.

Velando el siseo que se fuga por el burlete y que trato de estrangular con la suela de mi tacón, pienso en todas esas veces que dudé a dos palmos de una puerta.

Recuerdo titubear frente al aula cuatro de la Facultad de Ciencias, unas veces por miedo al profesor, otras por demorarme escasos minutos en la hora de entrada.

Recuerdo sostener una manilla de latón dorado, corvo, evocando su crujir al torcerla, imaginando cómo sería encarar aquellas *conversaciones pendientes* con mamá.

Imaginando algo tan triste de imaginar, como un abrazo.

Recuerdo mi oído pegado al cuarto de los líos, puerta caoba desinhibida, robusta, rezando a mi mal arrojo para entrar allá donde mi padre y su vida acontecían, a mis ojos, casi cinematográficamente. Solo quería aprender de sus planos de película.

Recuerdo también el miedo insuperable a despedirme de ellos, y yo, al otro lado de una habitación de hospital.

Recuerdo no haber girado aquellas manivelas.

Recuerdo imaginar qué ocurriría al otro lado de la puerta.

Ahora, un pomo me dice que no necesito de su permiso para transgredir sus confines, el mismo pomo que quiere reparar la memoria de sus antepasados y transmitirme que lo clandestino no ha de ser, necesariamente, peligroso.

Un teléfono huérfano suena al eco, descosido; entonces pienso en que el murmullo al que segundos atrás le prestaba mis oídos es el propio fantasma de oficinas desordenadas y habladas, o quizá las apariciones de estruendos que quería creer tras mis puertas no abiertas.

El pasillo es largo, y se diluye escaleras abajo en sombras esquinadas y puertas cerradas. Una torre vigía, escudada por una mampara de plástico, permanece deshabitada en pleno recibidor. La pantalla del ordenador aún late, tal y como ha hecho el timbre del teléfono antes de agotarse pocos segundos atrás. La ventana del navegador ocupa sus veintisiete pulgadas y muestra los «Diez tips para lucir cuerpazo este otoño», por lo que sospecho que la chica a cargo de la recepción estará al llegar. Las paredes calzan tiras de cerezo y me hacen pensar en el portal del edificio Oasis. También los sofás del recibidor me llevan a Madrid, viejo cuero marrón ajado, casi chuchurrío; solo ellos saben las posaderas que han calentado desde su confección.

Quisiera ser prudente y aguardar la vuelta de la secretaria, para así dirigirle la extraña petición de la que será receptora. En realidad, no ha de ser ni peculiar ni rara y ni mucho menos osada, la petición, me refiero, únicamente solicitaré ver a algún familiar de Emilio Pont, ¿qué tiene eso de malo? Y si me pregunta acerca del motivo o parentesco que guardo con los Ponts, será sencilla la respuesta: amigos de la familia. Eso debe de justificarlo todo.

Atravieso el vestíbulo y desciendo los tres peldaños que anteceden los despachos, salas ocultas tras persianas venecianas donde el teclear de los dedos traiciona la intimidad. Descuelgo mi bolso y quedo frente al sofá, revisando los mensajes de la chica de la inmobiliaria. Hay dos parejas interesadas y una de ellas ya ha realizado oferta en firme. Reenvío el mensaje a mis hermanos. Asun me llama enseguida. Quiere conocer los pormenores de la propuesta y renegociar las condiciones de venta con la agencia. No llega a dos minutos la conversación.

—Tu acento parece castizo, madrileño diría yo.

Dos tubos se adentran en sus fosas nasales y se pierden mejillas arriba, haciendo puentismo desde la parte superior de las orejas espalda abajo. En su barbilla se ajustan, a través de una abrazadera que recoge la memoria de una gran papada.

La máquina que surte oxígeno queda a su derecha, bajo la silla en la que permanece manos sobre rodillas. El anciano me mira, quizá dudando de otra procedencia al reflexionar en mi seseo, quizá asombrado por una compañía que ni siquiera se había percatado de la suya.

Tiene carúnculas lagrimales rojas como dos luces de freno y piel de búho nival. Quizá por ello sabe del silencio. Mira por ojos de cuello de paloma, grises y huidizos, cubiertos por rígidos párpados de culebra. El anciano es presumido, casi ronca cuando respira, pero lo disimula con tos de fumador de mechero de plata. Su pelo argentado permanece inmóvil, hacia atrás, como una ola eterna, a pesar de los botes que pega buscando oxígeno más allá de los cables. Sus entradas cualquiera las quisiera, el anciano de pelo no se puede quejar, y si antes hablaba de una onda de pelo como una ola, diría que lunares negros y marrones salpican sus orillas como una playa de Tenerife, como el lomo brillante de una trucha vieja.

—¿Me vas a decir que no eres de Madrid?

—Tiene buen oído —recito con tono alto—. Y yo diría que usted sí es de por estos lares.

—No me grites, mujer. Ya ves que sordo no estoy. —Tose tragando flemas—. Y no me hables de usted, me gusta pensar que no soy el viejo que mi espejo manda que sea.

Me río. No me había sentado hasta ahora. Mantenemos unos tres metros de distancia. Tiene los pies grandes, y más los hacen sus zapatos negros ortopédicos. Descarga sus puntas y hace bailar nerviosamente sus zancas. Tampoco me había fijado en un andador que se apoya tras una frondosa Costilla de Adán.

—¿A quién esperas?

—En realidad, no espero a nadie. Tampoco sé muy bien qué hago aquí —me sincero ofreciéndole un caramelo.

—Si te gusta esperar, estás en el sitio perfecto. Aquí todos son una buena panda de incompetentes —brama desplegando con cuidado el envoltorio del dulce mentolado.

Vuelvo a reírme, ahora porque me veo reflejada en él y en la franqueza que yo tendré a su edad. Me pregunto qué hará él aquí.

—¿Y usted...? Perdón, tú, ¿qué haces aquí esperando?

—Yo no espero, porque quien espera muere. Yo velo.

—¿Y esa guardia a qué se debe?

—A que todos son unos inútiles.

En ese momento, la puerta de uno de los despachos se abre y un hombre menudo se acerca a él. Obvia mi saludo aunque no mis piernas y pone ante el anciano dos papeles. Él apunta con el dedo a uno de los renglones y exclama algo en catalán que no logro traducir. Después, se marcha a paso ligero por donde ha venido.

—¿Lo ves? Unos inútiles —farfulla cruzando las piernas.

—Pero, ¿es que eres cliente?

—Depende del día, pero normalmente soy padre y tío de los cuatro delincuentes que tengo aquí trabajando.

Qué estúpida he sido. He aquí una trufa que viene a mí, y no el agricultor a ella, y mi olfato osa confundirla con un guijarro.

—Así que eres Emilio, Emilio Pont —balbuceo.

—Señorita, parece que te va a dar un patatús.

La puerta de los aseos se abre y el sonido a cisterna hace de cascada en mi desorden. «Bons dies», nos dice un joven con larga sonrisa y brazos como látigos de cochero. Camina hacia la cabina de recepción y reanuda su labor, a pocos pasos de donde mis convencionalismos son golpeados por las lenguas modernas.

—Antes me has preguntado por el destino de mi espera, o más bien, por el destinatario de ella. Yo venía buscando a Emilio Pont.

—En ese caso, no quiero saber nada —carcajea entre expectoraciones—. Los problemas son para los ineptos que visten mi apellido.

—No vengo por nada de lo que puedas imaginar, Emilio. —Tomo mis efectos y avanzo hacia él, ocupando la silla que a su lado queda—. Vengo por alguien.

Sacudo mi bolso y de él extraigo una de sus cartas.

La pongo sobre sus piernas, entre sus manos manchadas.

—Soy su hija, Carmen Hueso.

Él guarda su voz nasal y algodonosa y atenaza el sobre. Me mira, lo mira, me mira. Lo vuelve a mirar. Pasa las yemas de los pulgares por sus bordes de trigo maduro; conduce su dedo hacia su propio nombre y deja que microscópicas partículas de tinta azul colmen las crestas papilares de su índice, buscando tiznarse de lo que una vez fue. Separa la cáscara del fruto y lee sus letras. Aspira con garra manteniendo la mirada baja. Después, vuelve a componer la carta y la devuelve a mis piernas.

—Tienes los ojos rasgados, como tu difunto padre, que en paz descanse. Y el mismo halo que me hizo acercarme a él aquel 1954.

—Entonces sabes que ha fallecido.

—Lo supuse cuando la correspondencia dejó de llegar. Lo lamento, pero lo lamento de verdad. Hay pérdidas que duelen más que otras, aunque suene mal decirlo.

—Gracias, Emilio.

—Y disculpa el atrevimiento, —Se tuerce inventando un botón que pulsar en la máquina de oxígeno, permitiéndome ver que su manga rebaña una lágrima—, pero dudo que tengas una propiedad que mantener o una comunidad de vecinos que gobernar.

El hombrecillo menudo vuelve a sacudir la puerta de su despacho y pone paso firme hasta nosotros. Emilio levanta su mano y dibuja con ella una leve concha, deteniendo su caminar. Él vuelve adentro.

—¿Qué te ha hecho llegar hasta aquí? —indaga.

—Mi padre se fue dejando tras de sí tres prismas ocultos. Tú eres la respuesta a uno de ellos, el primero. —También se me cae una pena, que se desliza por mi carrillo—. Quiero saber quién fue, quiero saber quién era la persona detrás del padre inquebrantable. Quiero conocerlo. Porque no es tarde. Se lo debo a él y a su memoria.

Emilio se yergue y afloja la abrazadera de los tubos de oxígeno. Devuelve sus talones al suelo, no queriendo rebotar más sus extremidades.

—Nunca te contó que vivió aquí, en Barcelona, ¿verdad?

—En efecto, nunca lo supe. Lo averigüé hace pocos días.

—Ponte en pie, porque nos vamos a recorrer los lugares que tu padre y yo recorrimos juntos.

Emilio agarra mi brazo y se aúpa, señalando tembloroso su andador. Sin soltar al hombre, alargo la mano tras la maceta y le cedo su apoyo. Veo cómo se deshace de sus dos cánulas.

—Pero, buen hombre, que vas a olvidar tu oxígeno.

—¿El oxígeno? A tomar por culo el oxígeno. Si me muero, que sea hablando de tu padre —ruge despidiendo los tubos al suelo y alzando la barbilla hacia el chico de la recepción—. ¡Y tú, *pelacanyes*, que disimulas muy mal! Nunca pienses que un viejo es la desgracia de uno que fue joven, sino una cualidad que pocos logran. Pero tranquilo, ¡sigue mirando en internet cómo ponerte guapa!

Pues sí que tiene cuerda el viejo.

«A Poblenou le llaman "El Manchester catalán"». Así me lo ha presentado Emilio. «No es por la mar, ni por tener un buen club de fútbol. Es porque las primeras fábricas y chimeneas surgieron aquí».

Varias son las ocasiones en que se ha referido al mar como «la mar», y me hace pensar en la novela de Hemingway. Me hace pensar en que la quiere, incluso en que le ha concedido *grandes favores*.

—Ahora todo está aburguesado —observa bordeando su andador y sentándose sobre él—. Hemos olvidado que quien aquí se instaló vino en busca de una vida mejor.

Mira con gesto torcido el centro comercial Les Glòries. Me pregunto qué le habrá hecho este pobre edificio. Seguro tiene más de un motivo para odiarlo.

—Aquí se instaló la primera fábrica que hubo en España de Hispano Olivetti. Se inauguró en el año cuarenta, y yo trabajé en ella desde el primer día en que abrió sus puertas —resopla con todos sus años encima—. Le regalé una máquina de escribir a tu padre. Era preciosa. Preciosa.

Me cuenta que en 1980 cerró su actividad. Lo hace con la nostalgia de quien vivió sintiendo ser parte de algo.

—Pero allí dejé de trabajar mucho antes del cierre.

—¿Qué ocurrió?

—Que conocí a tu padre. —Señala con su dedo arqueado un edificio de ladrillo rojizo y tejas marrones—. ¿Ves esa antigua fábrica de ahí?

—Sí, la de ventanas grandes y un solo piso.

—Entre sus paredes se ganaba la vida él. Ahora es un sitio donde, por lo visto, la gente va a trabajar. Es como una biblioteca, aunque previo pago de su entrada. Se llama *co*... no sé qué. No me preguntes, no entiendo de esas modernidades.

—*Coworking*.

—¿Qué?

—Nada.

—A lo que iba, *xiqueta*. Esta es la plaza de La Gloria, pero antes no llegaba ni a *descampao*. Aquí ocurrían los descansos y los cambios de turno. ¿Sabes cómo conocí a tu padre? —pregunta casi retóricamente, con una tos agresiva, mirando al cielo y a mis ojos—. En un partido de fútbol.

Me río y me pongo de cuclillas frente a él. Es mi forma de decirle que continúe, que mi atención es suya.

—Ya nos habíamos saludado fumando o bocata en mano, pero fue en uno de aquellos partidillos de fútbol donde hicimos amistad. Le decíamos El Boinas, porque no se quitaba la dichosa boina ni para darle patadas al balón.

Antes de que el taxi nos dejara en El Poblenou, hemos parado en casa de Emilio. Vive en el segundo piso de un bloque adentrado en la Nova Esquerra de l'Eixample. Quedó viudo, y solo. Tiene marcos de plata sucios con fotografías, y posos de café en las macetas del recibidor. Creo que vive a oscuras. Su señora se fue queriéndola él. En el ascensor me habló de sus tacones, que todavía guarda, y de sus pendientes, que a veces pone en su mesita de noche, queriendo despertar y creer, durante un largo segundo, que duerme a su lado.

Y lo he acompañado a casa porque necesitaba revolver algunos cajones y tomar algunas pastillas. También el presumido se ha perfumado y ha querido repasarse el peinado.

—Mira. —Me tira de la chaqueta, llevándose la adalmatada mano a su bolsillo—. He aprovechado para coger esta foto. Aquí estamos todos, en el patio de la fábrica textil donde empezó tu padre a trabajar. Él tenía unos... unos veinte años. Era un chaval. Si te fijas, yo llevo otro uniforme, porque me colé en la estampa.

Él me cede la instantánea, y yo la cojo, con la delicadeza de quien toma un animal malherido. Hay muchas cabezas, todas serias. «Así se posaba antes», me dice Emilio. Busco entre sus claves altas las sombras de mi padre.

—Te ayudo —dice cogiendo una esquina suelta—. Tu *pare* es el que tiene un perro blanco en brazos. Se llamaba Ringo, y siempre estaba con nosotros, era uno más. Nunca le faltaba la comida, y el jodido nos robaba siempre el balón. Y yo, a su lado.

Acerco el papel monocromático a mis ojos, queriendo traspasarlo, queriendo sentarme en el hueco que hay a su derecha y preguntarle por la persona que era.

—Quédatela.

—¿De veras?

—De veras —sonríe—. Pero escucha, *xiqueta*, todavía me cuesta creer que hayas cogido un tren solo para verme.

—Pues créetelo, Emilio. La única pena que tengo es no poder quedarme más tiempo. Mañana sale mi tren de vuelta.

—En tal caso, —Tuerce su brazo, buscando las manecillas de su reloj de esfera dorada—, la vida de tu padre ocurrió más allá de esta aldea de chimeneas. Aquí estuvimos poco tiempo. Vamos, te llevo de excursión.

Emilio pide un moscatel en Casa Almirall. Yo una doble, pero me miran mal. Ya ni hablamos de pedir una Mahou. El anciano está feliz, me lo ha referido varias veces. Creo que más contento debe de estar el chico de su recepción.

—Aquí pasábamos muchas tardes y muchas noches tu padre y yo. Fíjate —dice cogiendo el servilletero y señalando una impresión en el papel—. Se fundó en 1860.

—¿Qué bebía él?

—Tomábamos la bebida de la gente humilde, que ahora se cotiza de la misma manera que se cotiza este barrio. *Beguda del pobre.* Así se llamaba el mejunje; naranja, anís y azúcar.

Mojo el bigote en espuma. Desde aquí se escuchan las campanadas de la Basílica de Santa María del Mar. Emilio bebe y olvida que suele estar enchufado a una máquina de oxígeno. Qué desgracia; la prescripción médica habría de ser *salir* y otra toma de *salir* a media tarde. Quizá sea Emilio quien le de oxígeno a esa máquina, y no al revés.

—¿Y sabes por qué veníamos hasta aquí? —dibuja cercos con su catavinos—. Porque tu padre vivía en este edificio. En el bajo izquierda, lo recuerdo. Él siempre prefirió vivir en el bajo de un bloque bueno, en un barrio decente, a vivir en la décima planta de un indecoroso edificio, en un mal barrio. Así era él.

—Así era él. —Choco mi copa contra la suya—. Antes me has dicho que abandonasteis las fábricas, ¿qué hicisteis después?

—*Jove, posi'ns el mateix* —se dirige al camarero, llevando las manos a su boca demandando aperitivo—. Ahora es cuando la historia se vuelve ciencia ficción.

Emilio espera a que el chico llene su copa y limpie la base de la mía, agradeciendo las aceitunas que posa sobre la barra.

—Imagina una Barcelona diferente a la que ves. Imagina que los problemas que hoy son problemas, son meros chistes en un escenario de postguerra. Hablo de una época en la que se juntó el hambre, con las ganas de comer. Nunca mejor dicho.

—Entiendo. —Aunque no entienda del todo.

—Las secuelas de la guerra no habían sido únicamente los muertos. Ojalá. También lo fue la escasez de comida, sumada al régimen autárquico que impusieron las autoridades franquistas, estableciendo controles sobre los precios de algunos productos, fijando un sistema de cupos e implantando el racionamiento.

—Vamos, que no había qué echarse a la boca.

—Algo así —asiente arrojando un hueso de aceituna hacia el interior de su puño—. Para asegurar la provisión de alimentos, sobre todo en centros urbanos como este, el Estado se hizo con el monopolio del trigo y de toda la cosecha en general. Para ello, se crearon las cartillas de racionamiento, que se dividían en tres categorías: primera, segunda y tercera, en función del nivel social, el estado de salud y el tipo de trabajo del cabeza de familia. Vamos, que, de no haber, no había ni para jabón. Recuerdo que mi santa abuela guardaba los zumos de cocinar y el tocino rancio, y después hacía con ellos jabón de sosa.

—¿Y cómo se las arreglaban las familias que sí tenían dinero suficiente para ir a una tienda de ultramarinos?

En ese momento irrumpe en el local un grupo de hinchas que visten camisetas blanquirrojas. Cantan y vitorean algo que parece holandés, con jarras de cerveza, y se abrazan unos a otros. El camarero no tarda en invitarlos a salir. «Hoy el

Barça juega contra el Ajax», informa un parroquiano al fondo del bar.

—Carmencita, —Coge aire, tiene algunas dificultades para respirar—, piensa que, en aquella época, había familias con mucho *don* y poco *din*. Piensa en que todo aquello era un sindiós, por lo que al que tenía posibilidades le daba igual ocho que ochenta, pasaba olímpicamente de la cartilla y de su puta madre. Incluso, los ganaderos necesitaban del permiso de los de arriba para llevar a cabo la matanza de las bestias.

—¿Entonces?

—Entonces, ahí es donde entrábamos tu padre y yo.

—¿Sacrificabais marranos?

Emilio sube su boca y la arquea, tocando su porosa nariz en silla de montar. Se aproxima a mí. Quiere más intimidad, como si fuese a desvelar un macabro suceso, como si un espía de su pasado estuviese cerca, listo para tomar su declaración confesa y hacerle rendir cuentas. O como si, Jesucristo, que cuelga por su garganta y desciende hasta su pecho, fuese a juzgar lo prescrito.

—Un gran mercado negro surgió de todo esto. Se estima que llegó a ser una décima parte del producto interior bruto de España. —Tose, quizás para despistar al espía que hay entre nosotros—. Pero es que esto, el estraperlo, se prolongó mucho porque cogió don de guerras. Después de la nacional, enganchó con la europea, ¿entiendes?

—Entiendo. —Ya sí que de verdad empiezo a entender.

—Los agricultores tuvieron que vender sus productos a precios oficiales, que habían sido fijados a niveles muy bajos. Además, el campesino vendía la cosecha al Estado, a un precio inferior al que compraba las semillas para sembrar. —Emilio baja la barbilla, asiente, y busca con el movimiento que yo lo siga, signo de no haberme perdido—. En definitiva, la desproporción entre los precios que marcaba el Estado por la venta de las semillas, y el precio al que compraba el producto, sumado a la fuerte demanda y a la poca producción, junto con los precios de tasa que impusieron las autoridades franquistas, forzaron la aparición del estraperlo.

—¿Y qué papel jugabais vosotros dos en todo esto?

—Fácil, éramos los mensajeros.

—¿Erais estraperlistas?

—Mira, *xiqueta*. Yo tenía unos dieciocho años, y entonces fui a la cola de la cartilla. Cuando tocaba arroz, a por arroz que había que ir. Cuando tocaba membrillo, a por membrillo que había que ir. Ese día tocaba cerdo. Esperé y esperé y, cuando por fin me tocó a mí, ya no quedaba nada. —El anciano recoge otra pena que se cae por su moflete—. Entonces, la carnicera le dijo a la otra: «¿Sabes qué? Dale la cabeza, que la podrá partir. Enterita para él... con las orejas, el cerebro y todo». Cuando se la llevé a mi abuela, ella lloró. Entonces me prometí nunca más llevar la cabeza de un marrano como alimento para mi familia. Y, esto mismo, fue lo que le dije a tu padre cuando Gregorio nos propuso hacer de mensajeros.

—Él nunca me contó nada de esto —lamento.

—Claro, porque lo conociste cuando el señorito ya era un marqués —aúlla entre risas y flemas—. El caso es que Gregorio era un pelado que no tenía dónde caerse muerto. Él iba a embalar paja, y empezó a comprar cebada, aceitunas, trigo... compraba de todo. Empezó con una bicicleta y terminó con siete camiones. Yo conocía al desgraciado de Hispano Olivetti, y qué bien que le caí en gracia, porque nos invitó a tu padre y a mí al negocio.

Otra ronda se sucede en la barra. Entre el moscatel y la falta de oxígeno, espero que Emilio no salga de Casa Almirall con los pies por delante. Suena su teléfono, un mejillón de color negro con botones exagerados. Lo abre y lo mira, asqueado, frunce el ceño entre un griterío que retumba por sus pequeños altavoces y vuelve a cerrarlo. Toma un buche de vino amaderado.

—Al tema, Carmencita. Tu señor padre y yo pasamos de recoger colillas, machacarlas, extraer el tabaco y hacer nuestros propios cigarrillos, a tener cajas enteras en nuestras casas. Pasamos de conducir camiones de noche, a taxis de día.

—¿Erais taxistas? —pregunto habiendo perdido la noción del tiempo y la percepción del sonido.

—Gregorio nos pagó las licencias y dos seiscientos recién sacados de concesionario. —Emilio acepta el trato con su espía y con Dios, ahora reúne el entusiasmo para contarlo todo—. Éramos jóvenes y teníamos ganas de llevar un volante, pero más ganas de llevar comida a nuestras casas. Mira, *xiqueta*, tu padre era un hombre valiente. No tenía miedo a nada. Se lanzaba hacia lo que hiciera falta hacer, pero, ¿sabes cuál fue el único miedo que vi en sus ojos?

—Cuál.

—No tenía miedo, sino pánico, de que tus abuelos no pudiesen vivir conforme a lo que él soñaba para ellos —dice precipitando el puño hacia la barra—. Esos son los miedos más sinceros de un hombre, Carmencita, y me los confesó a mí. A mí. Él mandaba dinero cada semana a Madrid, incluso cuando no tuvo ni para comer.

Joder, papá. Y nada de esto me lo contaste. Alma cándida de huesos largos, yo quise ser la pasajera de todas tus carreras en aquel taxi, la mirada de tus ojos a través del retrovisor. Quizás, si hubiese sido capaz de torcer el viejo pomo de tu cuarto de los líos, hoy sabría de tu boca que fuiste capaz de todo. Conocí tus cuatro letras, «papá», pero ahora siento que nunca llegué a conocer las ocho de tu nombre.

—Todo lo que fuese comestible se vendía al estraperlo a precios que llegaban al doble y al triple del precio de tasa —recuerda negando con la cabeza—. La fiscalía lo conocía y, por eso, de vez en cuando, enviaba inspectores a las casas para controlar si escondían más producto del declarado —añade—. Lógicamente, hecha la ley, hecha la trampa. Los molinos y los hornos trabajaban por la noche y manipulaban los contadores eléctricos, esquivando el acecho de la Guardia Civil.

—Suena a película.

—A película de terror —carraspea Emilio—. Volviendo a nuestro negocio, por las casas pasaban dos hombres, uno de Montcortés y otro de Les Oluges, y decían: «Os pagamos a tanto los garbanzos, a tanto las judías, a tanto el tabaco» —continúa explicando, retornando a su voz nasal después de hacer las imitaciones roncas—. Después, lo llevaban a un labrador que tenía que cargar mucho más y lo dejaban en un almacén, y entre el viernes y el sábado por la noche se cargaba y se enviaba hacia La Panadella, desde donde se distribuía hacia Barcelona. Y ya se hacía el negocio padre.

—Tranquilo —digo conduciendo mi palma a su agitado pecho—. Respira.

—Una vez allí —reanuda con ritmo más lento—, nosotros, tu padre y yo, cargábamos en un almacén pequeñas cantidades de lo que hubiese, a veces carnes y a veces legumbres, y hacíamos de taxistas y de estraperlistas. Entre carrera y carrera paquetito que entregábamos. Pillábamos buen dinero de un lado y de otro —ríe—. Éramos felices.

El campanario de Santa María del Mar anuncia las tres de la tarde. El bar está más que a rebosar, hay gente guardando cola en la calle. Pido unas anchoas y dos gildas, mientras la esquina de Joaquín Costa es la corriente del mar donde esos boquerones son pescados. La gente intenta saltar hacia las tabernas como peces desorientados a una red. Veo que Emilio no reconoce este lugar. Lo examina con aspavientos cruzados, y mira esquinas como quien mira una ruina.

—Recuerdo una vez, —El anciano se troncha con un dedo en firme que apunta al cielo—, en que tu padre llevaba dos sacos de lentejas escondidos bajo el asiento delantero del taxi. —Lo interrumpe su propia risa—. Era lo último que le quedaba por entregar en el día, así que aprovechó para hacer un servicio con una muchacha que lo paró.

Emilio coge unas servilletas y toma una gilda del bastón, ofreciéndomela. Ahora tiene la guasa en el cuerpo y respira tranquilo, a largos resuellos.

—Lo que nunca podía llegar a imaginar —dice carcajada en boca—, era que la Guardia Civil tenía cortada una glorieta por un control de estraperlo. Y ahí que fue de cabeza.

Me echo las manos a la cabeza, alegóricamente, porque la derecha ya ocupa mi morro, que mastica dos aceitunas, media piparra y una señora anchoa.

—Cuando tu padre vio que el pescado estaba ya vendido, que no había más vuelta de hoja, tomó las dos bolsas y le dijo a la niña que las metiera tras su blusa, y que desde ese momento quedaba embarazada por obra y gracia del Espíritu Santo.

—¿Y qué pasó? ¿Ella qué hizo?

—El agente les dio la orden de stop y revisó la guantera, y el maletero, y las ruedas, y golpeó la chapa buscando un sonido espeso. —Emilio teatraliza cada gesto, cada meneo. Tiene los brazos abiertos—. Se dirigió entonces a la muchacha, y dijo: «¿Qué llevas ahí, mujer?», a lo que respondió, bien resuelta ella: «Pues qué he de llevar, señor guardia, ¡una preñez de siete meses!».

Los dos rompemos en una risa infinita. Emilio se retuerce como si fuera la primera vez que lo cuenta, y yo tomo su hombro porque casi caigo al suelo de la carcajada.

—Naturalmente, le regaló uno de los sacos de lentejas a la pobre mujer, por el mal trago —aclara secando sus lagrimales—. Ah, y otra noche, unas de esas que iban a terminar aquí, en la barra, terminó en el calabozo de Montjuïc.

—¿Los dos?

—Sí, los dos. Nos pillaron con poca cosa, y nos soltaron cuando el sol empezó a colarse por los ventanucos. Allí llevaba yo una hora, y de repente vi aparecer a tu padre con la jeta llena de cachondeo... y nos pusieron juntos. Fue la noche en la que más me pude reír en toda mi vida. Chistes iban y chistes venían.

—¿Y no os enjuiciaron?

—¿Enjuiciarnos? Nos dejaron ir cuando le soltamos al sargento una caja de buenos arenques. Abrieron la celda, y... aquí paz, y después gloria. «Esto es la repanocha», repetía tu padre, «esto es la repanocha». Era como un hermano para mí.

Las persianas se han bajado.

Fondos de vasos que huelen a cebada oxidada, endulzada, no saben que fueron del alcohol que hizo nuestras risotadas de vinagre y sal. De aceitunas firmes. El anciano está pleno. Sonríe a nadie y a nada y no piensa en los *ineptos que visten su apellido*. Quizás los llama así y los olvida en la dicha porque ninguno de ellos le preguntó jamás por quién fue. Por quién todavía es.

Me compadezco, no de él, sino de los oficinistas, ya que no sienten deseos de pellizcarse en la vigilia de su ignorancia, donde siguen durmiendo el sueño malo que los ocupa.

A veces, la conciencia de uno es la continuidad de la memoria de otro.

Emilio vuelve a mí.

Las bayetas están sobre la barra, cerca de nuestro vidrio y de las servilletas, que ahora se hacen pasar por arrugadas canicas. El último buche de moscatel le sabe más añejo; Emilio se repeina porque ya no pediremos más copas.

—Una vez hubo reunido el dinero suficiente para él y sus padres, tus abuelos, dejó esta ciudad y se marchó a Santander. Quería ser geólogo —se interrumpe a sí mismo—. Tienes mucho de él, no solo los *collons* para presentarte aquí. Ya sabes a lo que me refiero... y más que tendrás si sigues rebuscando en su memoria. —Se pone en pie—. ¿Me llevas a Layetana? Me has dejado *sin aire.*

8

No sé si existe Barcelona, o incluso Emilio, o incluso yo; no sé si el prisma por cuyo descubrimiento venía, ahora del cristal que la metamorfosis ha hecho caleidoscopio, es lo que me hace tener resaca de luces y espejos, de chispazos y aureolas.

Mi plano ventral se alborota por las depresiones de los raíles, que producen tiritera al vagón. Sin más agujas de marear que la voz exhalada por los *megáfonos* del tren —porque el plano de mi mente lleva tiempo redirigiéndose—, y sin más silencio que el de la fotografía en blanco y negro de mi padre con un perro, Ringo, me giro y camino y me dejo corroer por la pena de no haber encontrado pasajes en el vagón silencioso. Pero eso solo dura tres coches, los que me distancian del vagón-cafetería.

Los sueños de la noche suceden en el interior de tulipas anacaradas, y destellean de la misma forma que la Ciudad Condal destellea tras las grandes cristaleras del tren, embalsamadas por el barniz de la media tarde. Por eso te confundí, porque nunca pensé que pudieras ser tan bella y tan escurridiza como un sueño.

Atrás te dejo; ante mí siempre te veré.

El triángulo equilátero tiene aspecto de gema pulida, con su solitaria punta hacia abajo. Madrid-Barcelona: primer vértice. Barcelona-Santander: segundo vértice.

Segundo prisma por desvelar.

Mi pensamiento sesea porque también son siete las horas entre sitio y sitio y severa la decisión que me divide entre beber agua con gas y media rodaja de limón, con su respectivo tiempo de espera para que se esfumen las burbujas, o pedir una botella de Marqués de Victoria, incluso dos, porque son realmente crías.

Una azafata reparte auriculares que bien podrían formar parte del instrumental de una mesa de tortura, y yo los rechazo con un cortés «no, muy amable», pero entre mi rechazo y su sonrisa, de manual, en el mismo instante que el limón se sacrifica en el altar de la carbonatación —en fin, ¿por qué insisto en pedir algo que me asquea?—, su plástico negro me lanza a Emilio, y a ese «transistor» que asoma por el bolsillo de su camisa, atrapado en una liana negra y alargada. El hombre de todavía transistor y todavía auriculares con cable es también el hombre de todavía grandes palabras. Pienso en él y en ellos, o sea en sus hijos, o sea en sus verbos.

El cableado de mis mil millones de neuronas no articula paso sin tropiezo; tan enredada como la radio de Emilio, ojalá ser nítida como su señal, ojalá situarme en su pequeño bolsillo, tan cerca de su corazón. Quizá esa sea la antena que necesito.

Miro los espectros de los cedros que ante mí se suceden. No son fantasmagóricos por su carcasa de otoño, algo encanijada, sino por los doscientos veintidós kilómetros por hora que me hacen ver de cada cuerpo, un espíritu. Dicen ser como el cielo, ellos de un aguado té de puerro, pero la lejanía no quiere ser de otra cosa que de la *grappa* envejecida, derramada cerro abajo.

Vuelvo a mi reflejo en la ventana, que me mira como si estuviera a punto de cometer un pecado capital. En lo que trato de esquivarme, la oscuridad se ha ovillado en los altozanos y los espectros y licores ahuyentados se advierten. Todo, que parecía sumirse a trago corto en las fauces de un coyote centenario, ahora no ve otra cosa que su garganta. «Estamos atravesando Aragón», informa una voz cualquiera. El viaje dista de tocar su meridiano.

Me empleo a fondo por seguir distraída en suculentas alucinaciones paisajísticas, pero me temo que un pensamiento se ha subido al tren conmigo. Y creo que Emilio pagó su billete.

Enelis, su esposa, mi padre. Y solo Dios sabe quién más. Emilio bien conoce a qué suena la campanilla de la muerte, sobre todo cuando le confía a su mesita de noche esos pendientes de los que me habló, par de tornasoladas perlas con tocino de oro en su mitad. Sobre todo, cuando abandona la demencia del despertar y vuelve a estrechar la mano de lo perecedero. Ahí la muerte suena.

Ahí es cuando yo pienso.

Quizá, el no tener sea la solución al no sufrir.

Hugo quería tener hijos. Yo no. Él contará como coartada que se le atragantó Mónica en razón a mi triste decisión, pero no fue así. Tenía dos grandes razones recién operadas. A partir de entonces, todo fueron apreciaciones envenenadas de quienes dicen querer y quieren lapidando. Nunca me preguntaron por qué no, a excepción de mi madre. Bendita madre que tuve.

Vivir queriendo siempre me asustó.

Vivir siendo querida aún más.

—Si no tienes, no sufres. Y si no te tienen, no haces sufrir —le sugería yo tomando el desvío hacia Calpe y hacia su trocito de tierra en mitad del mar.

Mi madre siempre me miraba de la misma forma, armada en su réplica. Ella quería aparentar que descifrarme imposible le era, que, por mucho que se empeñase en hacerlo, deducir mi patrón no estaba a su alcance. Pero la realidad era que me sabía más que nadie. Mientras Alicante se hacía el perdido entre las aldeas, yo dejaba que el pedal retrocediera con cachaza, para así dilatar nuestras conversaciones.

—Nunca tendré hijos por varios motivos —recitaba en un memorizado discurso que ella siempre intentaba interceptar—. No quiero que nadie me llore. No quiero hacer sufrir a alguien, nunca. La vida está rodeada de desgracias, y por idéntico motivo viene el segundo punto: el mundo es una mierda. ¿O no? Guerras, crisis, pandemias, la cuestionable habitabilidad del planeta, las dichosas inflaciones... el mundo es tan, cómo diría, tan nefasto. El tercer motivo quizá debería ser el segundo, pero bueno, el orden de los factores no altera el producto. —Yo aceleraba, porque sabía que mi tesis alcanzaba su ocaso—. El tercer motivo no es otro que el no querer, tampoco, llorar a nadie. El continuo sufrimiento de tanta gente sería evitable si no se tuviera a quién llorar, ¿no? Y el cuarto, el cuarto... es que no quiero estar en mi lecho de muerte y que uno de los veinte mil hijos de Asun me pregunte: «Tita, tita, ¿y cómo es Luisiana?», y que yo le responda: «Pues no tengo ni la menor idea». Joder, ¡qué final más cutre! Quiero disfrutar de la vastedad del mundo, porque, cuando se es madre, o padre, se es madre o padre para toda la vida. Y adiós Luisiana.

—¡Ahí está! —bramaba mamá—. ¡Ese es el único motivo por el que no quieres tener hijos! ¡Por no tener obligaciones de ninguna naturaleza! Déjame que te diga que tu discurso podría resumirse en una sola palabra: egoísmo.

En ese momento, Calpe quedaba al otro lado del mundo.

Incluso, llegaba a maldecir el prematuro comienzo de nuestras vacaciones, que nos llevaba a tomar solas la carretera.

—Mira, gorriona, mi madre se fue cuando yo todavía era una cría, como quien dice. Sufrí, y lloré, y mi única fuerza para levantarme y llevar bocado a mi estómago erais mis tres hijos. Tú eso no lo recuerdas porque eras una enana, pero mi vida dejó de tener sentido. De no ser por vosotros, me hubiese dejado morir en cualquier esquina.

—¿Y no crees que, si la abuela hubiese decidido sortear el amor o, en su defecto, no tener descendencia, habría evitado el dolor que te llevó al borde de una depresión?

—Claro, pero si todo el mundo pensase como tú, la especie humana habría dejado de existir mucho tiempo atrás. Y algo te digo, por nada del mundo cambiaría los treinta años que pasé a su lado. Porque dejó vacía una parte de mí que, a día de hoy, sigue siendo huérfana, pero el dolor se transforma y madura porque, de no ser así, la vida sería insoportable.

—Ya... —A discursos, nadie ganaba a mi madre. Ella era capaz de algo que nadie *más* lo era: callarme.

—Por esa regla de tres, entonces, será mejor que no nos relacionemos, que no hagamos amigos, ¿o es que no te va a doler la muerte de un amigo?

—Mucho.

—Seamos entonces seres inertes, recluidos. Esquivemos el amor, total, ¿para qué? ¿Para sufrir? No, Carmen, no. Te doy la razón en que la vida, de esa forma, sería mucho más cómoda. Sin preocupaciones, solo las de uno mismo. Pero qué triste, qué triste pasar por aquí sin querer y, sobre todo, sin ser querido. Y te entiendo, más de lo que crees, porque honra merece quien a los suyos se parece. Y vosotros tres sois mis tres sufrimientos, pero, si volviera atrás, sabiendo todo lo que ahora sé, seguiría escogiéndoos, a pesar de todos los dolores de cabeza que me habéis dado, que no han sido pocos.

No sé si es lluvia fina o humedad. O ambas. Pero el caso es que, si permanezco más tiempo bajo el reloj de la estación de tren, acabaré empapada. Camino a los pies de un cielo abierto, así es el cielo de Santander. A la vez, abierto y menino; tan recogido y de techos tan bajos, que parece rozar mi coronilla. Qué bello es, nada lo interrumpe decenas de kilómetros a la redonda.

Levanto la mano para detener uno de esos coches blancos con franja celeste y la vuelvo a bajar tan rápido como uno de ellos me centellea con una corta ráfaga de luces. «Perdone, me he confundido», le digo al conductor del taxi. Son casi las doce de la noche, pero me apetece caminar hacia el hotel. El mapa de mi móvil me dice que no son más de quince minutos de trayecto. Me gustaría que fuesen más.

Las fachadas mezclan balcones franceses con arocas, esos cerramientos de carpintería y cristal que engalanan edificios del Madrid antiguo. Bien, aquí parecen engalanar toda la calle Jesús de Monasterio, sendero de adoquines alisados con perfume de Cantábrico. La recorro, te recorro. Bienaventurado tu cuerpo de escamas y ramales, criatura híbrida, ¿acaso esas ramificaciones son tus brazos que llegan al mar? Petimetre y presumido Santander, deberías de aleccionar otras ciudades.

Planeo hasta la calle Burgos, ronda de mi destino; aquí los hijos bastardos de la madrugada murmuran al eco descosidos, escondidos en la caja de sombras que conjura la noche. Los puedo sentir en forma de ladridos huecos, alarmas de coche y risas lejanas que mañana serán sus propios vestigios. Pero nada más. Soy su discípula. Las ruedas de mi maleta rascan el pavimento, quizá despertando a otras alimañas que duermen, tal y como lo hacen las librerías y las *tienducas* que me quedan a derecha y a izquierda. Llego a otra plaza, parte de la misma calle. Hace poco que las terrazas han cerrado; todavía se cimbrean las cadenas que custodian las sillas y mesas.

«Center Suite te ofrece cinco preciosas habitaciones con kitchenette en pleno centro de Santander. Todas son diferentes, queremos que puedas elegir dónde pasarás la mejor estancia de tu vida», leo en la confirmación de reserva enviada a mi correo electrónico. Me apresuro en localizar el número de portal y pulso junto al telefonillo la numeración facilitada en el mismo cuerpo de la comunicación. El portal se abre. Irregulares escaleras de madera que parecen huecas crujen al saludarme. Pudiera dormir sobre ellas si me lo pidieran con un mínimo de encanto.

Ya adentro, casi en las proximidades de la entrada, una mujer extrañamente excitada para la hora que es, me recibe con honores de estado. Se llama Pilar, es la dueña del negocio.

—Mil perdones por la hora en la que llego, Pilar, lo último que te apetecerá será estar despierta...

—¿Bromeas? Es mi trabajo. Además, nací prácticamente en una pensión, y siempre he disfrutado practicando el delicado arte de la hospitalidad —exclama llevando sus gafas a la punta de su nariz y alzando la barbilla, mientras clica de esquina a esquina la pantalla del ordenador—. Cuando mi marido y yo vimos a la venta esta antigua pensión, nos miramos a los ojos y nos preguntamos: ¿por qué no? Y fíjate, diez años después, habiendo recuperado un encanto que todos daban por perdido.

—Es realmente bonita —digo hablándole al papel pintado y a los armarios decapados.

—Pues aquí tienes. —Dobla sus gafas y extiende la mano, con un tarjetero de flores secas que se inclina hacia mí—. Tu llave y algunos panfletos con planos de la ciudad y descuentos en bares y restaurantes. Verás que pesa, es porque usamos llaves como las de antes, nada de tarjetas —añade saliendo del mostrador y dirigiéndome mano sobre espalda hacia una de las puertas—. Tu habitación es la Pérez Galdós, la que tiene mejores vistas. Dentro encontrarás tés y café y un par de corbatas, por si vienes con hambre. Que descanses, bonita.

—Gracias, Pilar, y ojalá todo el mundo amase su trabajo tanto como tú. Buenas noches.

La regenta comentaba que la estancia fue apodada con el nombre del autor canario por estar inspirada en Villa Quintín, residencia que tuvo en la ciudad santanderina desde 1892. Allí acometió varias de sus obras, según quieren creer los de por aquí. Después, a su muerte, se hizo un museo de ella y, Pilar y marido, orgullosos empresarios y ojeadores de esencias con cierta solera, calcaron las paredes de ladrillo visto, el papel pintado y las vigas de madera envejecidas con betún de Judea y cera virgen. Y si para los demás es Benito, para mí es *Bendito*, porque la cama me sabe a gloria.

Desbloqueo mi teléfono y abro la aplicación del reloj.

Detengo el cronómetro.

Tengo varios mensajes de Ruth Bonachera, la directora; Pablo, el salero, y tantos otros de la chica de la inmobiliaria que insiste en hacer un día de puertas abiertas; una llamada perdida de Asun, que decide quedarse en un largo mensaje de voz, tan largo, que da la sensación de ser un *podcast*. A todos os escucharé y os teclearé mañana. Salvo a ti, Carlos, que vuelves a mi número y a nuestra conversación. Tengo el cronómetro parado, así que tengo todo el tiempo del mundo.

9

En otra vida, debí nacer en El Sardinero.

En otra vida, allá por los tiempos de Isabel II, debí acudir a los aristocráticos *baños de ola*, atraída por la prensa en la que Santander se anunciaba como pionera en la moda de la playa.

En su arena fría, sobre los charcos vagos, el Gran Hotel El Sardinero se refleja en piezas de puzle que juguetean con la refracción y con el delirio de saltar sobre ellas para cruzarlas; qué absurda quimera propongo, pero qué erótica estampa se delinea en mi devoción al imaginar que emerjo en su terraza recién inaugurada, allá por 1916, cuando pocas cosas lograban ser tan importantes como la memoria.

Vuelvo al artículo de la *Gaceta Médica* que leo en uno de los kioscos del paseo marítimo. Su repisa reúne varias ediciones de la época, esta publicada en 1849. Ella sigue contándome más sobre unas maneras perennes, antes de reanudar mi cronómetro:

«En la orilla del mar hay un bonito templete de hierro fundido elegantemente dispuesto para recibir la gente que, de media en media hora, conducen los ómnibus desde la ciudad y viceversa. Hay además dos diferentes casitas de madera con varios cuartitos independientes. Estas casas están un poco distantes entre sí, y se hallan destinadas una para señoras y otra para caballeros, teniéndose en ellas almuerzos y meriendas».

Peregrino hasta la Avenida Reina Victoria, provista de un chubasquero y un paraguas largo que apoya mi paso; este último, insistencia de Pilar al verme abandonar la pensión sin suficiente protección para la tan traicionera lluvia. Ahora lo agradezco, viendo cómo un cielo que se advertía plomizo inicia su exhibición de calabobos.

El número setenta y nueve de la avenida es un bloque de escasa talla, calculo a *grosso modo* que no supera los cinco pisos. Una elevada tapia de piedra gris solo me concede la gracia de distinguir su cresta, lacrada a dos aguas de teja. Inclinándome hacia atrás, es posible advertir oberturas de claraboyas a cada lado, tantas como ojos tiene una libélula, incitando a vaticinar que la última planta es un dúplex abuhardillado.

Marcada por un ritmo de cuatro líneas de forjado que acentúan cada balcón, blancos y atildados, pienso en las vistas a la bahía que ha de tener cada vecino, entre ellos, Ketty.

Bordeo su muro buscando un portal. A él llego, tras pocos peldaños que nos aíslan del paseo marítimo. Acelero la marcha para impedir darme de bruces contra la puerta, que se pliega tras la salida de un mensajero de furgoneta en marcha. Ya no se oye el mar. En realidad, nunca he llegado a oírlo. Solo sentí el susurro del Cantábrico antes de abandonar sus charcos; es hablador en sus profundidades, no en las últimas voluntades de su bajamar.

—¿En qué puedo ayudarle?

Un hombre algo tarugo, no de mala raza, sino carente de ella, rústico en sus facciones, aunque no en sus modales, suda e inhala más aire del que queda en el rellano. Embute los faldones de su camisa bajo chinos *beige* de pinzas, estirando su chaleco de tejido trenzado.

—¿Está Ketty?

—Disculpe, ¿quién?

—Enriqueta Gil.

—Se ha debido de equivocar, joven, aquí no vive nadie que se llame de esa manera. —Señala la letra que sobrevuela la puerta de la vivienda, cogiendo algo de aire—. Este es el tercero izquierda.

—¿Y puede que viviera aquí antes que usted? ¿Sabe dónde puedo encontrarla? Necesito contactar con ella.

—Lo lamento, pero no puedo ayudarla —se disculpa dando un paso atrás—. No llegué a conocer al antiguo propietario. Que tenga un buen día.

La anterior sí pude esquivarla, esta ha retumbado en mis narices. El peor portazo de mi vida; uno, quizá, que me obliga a detener el cronómetro de mi teléfono. O no.

Ladridos en un coro a dos hocicos ensordecen la puerta del tercero derecha, el único piso que queda en la planta. Aúllan con mayor intensidad a medida que la llave deshace el engranaje de las cerraduras, como si ese dueto de pequeñas razas quisiera devorar aquello que aguarda al otro lado, o sea, a mí.

A juzgar por las vueltas y la dilación, o bien se trata de una perfecta imitación de la puerta que custodia las reservas de oro del Banco de España, o quien quiera que esté al otro lado, es un poco lento.

Dos *yorkshire terrier* con incisivos que podrían utilizarse como abrelatas, ojos en estéreo y mejor peinado que yo, husmean el felpudo y tragan sus ladridos al verme. Uno de ellos tirita, Dios sabe el porqué.

—Es porque está helada, ¿verdad que sí, Lola?

Una señora con moño italiano acomoda un jersey rosa sobre el lomo de Lola. A primera vista, su pelo es más rubio de lo que cabría esperar para su edad, no el de la perra, sino el de la señora, y calza algo sepultado en pompones, también rosas, dando la sensación de haberse maquillado siguiendo el patrón de una muñeca rusa.

Sus pestañas son igualmente anacrónicas, extensas y tortuosamente onduladas, no así la falda que mengua rodillas arriba, demasiado moderna incluso para mí.

—Entonces, ¿buscas a Enriqueta? —runrunea tomando al perro sin nombre y sin frío.

—Así es, señora.

—Yo la conocía. Y muy bien —añade con tono altivo—. Éramos buenas amigas, hasta que... ya sabes.

—¿Qué ocurrió? —acorto distancias.

—Ya sabes —insiste llevando los iris a sus pestañas—. Los de arriba, ¡los de arriba!

—¿Los de Hacienda?

—No, mujer. —Cambia de tono abandonando el umbral de la puerta—. Éramos buenas amigas hasta que la abdujeron los extraterrestres y se la llevaron.

El tercero izquierda vuelve a descubrirse, bruscamente, como si también espiara nuestra conversación tras la mirilla.

—¡Virtudes, por el amor de Dios, deje en paz a la chiquilla! ¡Y métase para adentro! —arremete su vecino en una rebeldía que lleva varias riñas de rellano fraguándose.

Mi cara ha de ser un cuadro de Picasso.

—Disculpe a la señora, no está en sus cabales —se dirige a mí, encogiendo los hombros—. No crea nada de lo que diga, y menos si los alienígenas tienen algo que ver. Buenos días.

Dos portazos y la abducida de Ketty: ahora sí que estoy acabada. Extraigo las cartas de mi bolso y me cercioro de estar en lo cierto. Sí. No hay duda. Esta es la dirección que aparece en la correspondencia y el tan emblemático emplazamiento del que se habla en ella. ¿Qué voy a hacer ahora? Según cálculos hechos en virtud de las cartas, Enriqueta tenía, al menos, diez años menos que mi padre. ¡Diez años! Quizá esté dando palos de ciego y mis interrogatorios vayan en busca de una fallecida; quizá, Virtudes hablase de los extraterrestres cuando, en realidad, quería decir que ya no está entre nosotros por el inevitable guiño de la muerte.

Lo siento, papá. El cronómetro y, por ende, el tiempo, han encontrado una barrera que se ancla en sus carreras. Asun se alegraría, y Hugo, y Mario, incluso Pablo. Pero no El Tuerto, o Emilio, o mamá; ellos no. Ellos me empujaron, cada uno con su fuerza, y desde su particular altitud.

Troto como un caballo malherido escaleras abajo y saludo al portero del bloque, un hombre de ojos encapotados y cejas arremolinadas. Él aparta la fregona, apoyada en el pasamanos del portal.

—Tenga usted cuidado, está recién fregado.

—Caerme no sería lo peor que podría ocurrirme hoy, buen hombre, pero muchas gracias —bromeo esquivando la fragilidad de mi voz.

Y ya tengo el pomo en la mano, y el chubasquero encima, y el velcro del paraguas que baila solo, gancho y felpa divorciados, y la mirada perdida y ganas de hablarle al Cantábrico, y a Carlos. Y casi abandono el segundo prisma por desvelar sin intentar algo. Me giro soltando la puerta y juntando la tira del paraguas.

—Perdone que le moleste, caballero, ¿podría preguntarle algo acerca del bloque? Vengo de hablar con algunos vecinos del tercero, pero no han sabido resolverme la duda.

—Soy el decano del edificio —confiesa abandonando la fregona en cualquier parte—. Si no lo sé yo, no lo sabe nadie.

—Eso suena reconfortante —admito subiendo un peldaño por cada palabra—. Pues verá, soy hija de un viejo amigo de Ketty, Enriqueta Gil, que vivía en el tercero.

—Oh, sí, claro. Ketty. —Sonríe como quien evoca tiempos mejores—. Del tercero izquierda.

—¡Sí! ¡Exacto! —Termino de subir los escalones.

—La señora Enriqueta ya no está aquí.

—¿A qué se refiere?

—Oh, no, perdone la forma en la que me he expresado. Hasta donde yo sé, no ha fallecido. —Hace gestos papales con las manos—. Se mudó hace algunos años a las afueras.

—¿Y no conoce la dirección o la zona?

—No, lo siento.

—De acuerdo, gracias —respondo blandiendo el paraguas con la misma tiritera que se esconde en mis labios—. Adiós.

Y vuelvo a descender con la tira de velcro entre mis dedos, dispuesta a ser consolada por los charcos y *la mar*, tal y como Emilio dice.

—¡Espere! —brama el caballero de cejas alborotadas desde la cima de las escaleras—. No se lo he dicho antes porque no pensaba que fuera relevante, pero Ketty tenía una editorial, una muy conocida en la ciudad. —Toma gestos detectivescos, mientras yo imploro al Espíritu Santo para que su lengua articule ese nombre propio—. Hueso. Editorial Hueso.

10

La Librería Gil tiene varios carteles a sus puertas.

Uno habla del año de su fundación, 1967, otro del horario comercial, domingos y festivos cerrado, otro de las novedades literarias, como *Cuatro mil semanas*, y otro de la presentación que hoy se está llevando a cabo en su interior; *Cuatro mil semanas y una tarde*, de la Editorial Hueso.

Veinte minutos me han bastado, tras un par de besos en la frente del portero —con sus cejas acariciándome la barbilla—, y una rápida búsqueda en internet, para atravesar los soportales de piedra y arcos de medio punto y empujar empapada el cristal del local. Esa búsqueda en internet me ha servido, también, para conocer que este edificio era, en sus comienzos, una antigua garbancería.

La presentación está a punto de concluir, tal y como me indica el librero, lo que significa que pronto pasarán a la firma de ejemplares. Me lanzo pasillo a través en toda su vasta longitud, atraída por voces de micrófono y guiada por extensas estanterías de madera. Desgracia absoluta es no poder frenarme en sus vigas vistas, seguramente coetáneas a los garbanzos, o en los títulos categorizados no por apellidos, o por géneros, sino por países.

Si estuviera en otra ciudad, en cualquier otra, diría que es una librería *gourmet*. Pero no, en Santander todo es así.

Así que es una librería normal.

Una mesa con tres ponentes preside un graderío digno de una sala de cine. Veo al autor, en el corazón de la misma, y a su izquierda una joven que no ha de superar los treinta. Ahí está.

A su derecha, resplandece.

Es Ketty. «Enriqueta Gil. Editorial Hueso».

Así lo anuncia la tarjeta de mesa situada ante ella.

Sonríe en un perfil apoyado sobre sus nudillos zurdos, qué bella es. Desprende un aire *beatnik*, con corte *garçon* y *rouge* en sus labios; finos, vetados, como una duna rayada por el viento. Camiseta negra a rayas, parece nativa de la *Gauche Divine*.

Ella toma la palabra y agradece la presencia a los rostros que al evento han acudido. Invita a formar una ordenada fila para que el autor dedique los ejemplares. Vuelve a intervenir, esta vez, bromeando sobre un *catering* al que invita el local. Todos ríen.

Mi risa, por el contrario, es nerviosa.

Como si de la Sinfónica del Apocalipsis se tratara, las sillas crujen contra el suelo como oboes y trombones desafinados. La gente se levanta, formando una maraña de saludos y aullidos que dificulta mi intromisión pacífica y, por qué no, espontánea.

Con aspavientos amables me abro paso; no me veía con tales complicaciones desde mis salidas por el Madrid nocturno, que en otra vida ahora parecen.

Ketty está a pocos metros: la abordan varias devotas de la literatura y del chisme. Avanzo hacia ella y, sin esperarlo, me toma el brazo con ademanes de espanto:

—¡Querida! ¡Qué alegría verte! —Me lanza un beso a cada mejilla—. Tan guapa como siempre, gracias por venir.

Y se esfuma.

Si pudiera comparar mi actual expresión, besucada y acarminada, frente a la que he de haber tenido cuando Virtudes me refería la abducción de Ketty por alienígenas, no sé con cuál me quedaría. En ambos trances muda me he quedado. Creo que no es para menos.

Pero esta vez, no aceptaré un portazo.

Aguardo a que la masa se redirija a los brazos del joven autor para abordar, de nuevo, a la editora jefa. Está concluyendo una conversación telefónica con lo que parece ser una imprenta. Hay un par de personas más que han llegado antes al dispensador de turnos. Parece que serán breves. Exacto; solo felicitaciones y buenos augurios.

—Hola otra vez —me apresuro a decir—. Soy la chica de antes, la del...

—Sí, bonita, discúlpame —irrumpe—, pero me has venido de perlas. ¡Menuda lata me estaban dando! —Tiene una risa de lo más contagiosa—. Dime, ¿vienes de algún blog literario? ¿O de una revista? Me temo que eres demasiado guapa y decidida para ser escritora.

—Siento decepcionarla, pero, ni una cosa, ni la otra. Me llamo Carmen, y soy hija de un amigo suyo. —El ruido me obliga a aupar la voz—. En realidad, he venido desde Madrid únicamente para conocerla.

—¡Ketty! Qué buena presentación, a ti que no te hablen de jubilación. —Sorprende un espontáneo en la conversación—. Nos vemos después para el vermut, y como se te ocurra escapar, *¡te llevamos a cuchus*!

—¡Ahora nos vemos, manducón! —lanza Enriqueta con un buen topetazo en sus espaldas. Después, se gira hacia mí y recobra su semblante serio—. Perdón, ¿cómo habías dicho que te llamabas?

—Carmen, Carmen Hueso.

Otras enhorabuenas y palabras colmadas de agasajos son descargadas contra ella. Pero no reacciona. Me recorre con una mirada extraña, por sitios donde sus ojos ya habían sido mate, cenicientos, y donde ahora fulguraban como la plata pulida. El rojo de sus labios parece más rojo. Su mentón parece más afilado.

—Bendito sea el Señor —exclama—. Bendito sea. La viva imagen de tu padre... Es como si lo estuviera viendo a él. —Anda con sus yemas sobre mis suaves líneas de marioneta. Habla con voz trémula, que aparece y desaparece como la llama de una vela—. Tienes su mandíbula, firme, y su misma barbilla, corta. Estrecha. Los labios también son suyos; cuánto tienes que agradecerle.

—Sí... tengo mucho por lo que dar las gracias.

—¿Y cómo has dado conmigo? ¿Cómo está él? ¿Es cierto que has viajado hasta aquí solo para conocerme? ¿Él ha venido?

—Enriqueta. —Ahora soy yo la mujer de voz trémula, casi apagada—. Lamento decirle que mi padre nos dejó hace pocas semanas. Siento que se tenga que enterar de esta manera.

—Entiendo. —Se cruza de brazos y vuelve a mostrarme su perfil, esta vez sin sonrisa. Sorbe con fuerza las flemas y aprieta el índice y el pulgar contra sus lagrimales, volteándose de nuevo hacia mí. Tiene sus dos platas vidriosas—. Siento mucho vuestra pérdida, era una gran persona que será añorada allá por donde pasó.

—Gracias —digo, prolongando nuestra cueva de cristal—. He venido porque recientemente tuve la oportunidad de saber que erais buenos amigos. Además, hasta ahora no he sido conocedora de su etapa por esta ciudad. Él nunca lo dijo en vida. Ahora quiero recuperar su memoria, motivo por el que me he plantado aquí: vengo a por un segundo prisma que permanece oculto para mí.

—Chica, no te iría mal como escritora —puntualiza con camarería—. Vamos a comer. Tenemos mucho de lo que hablar. —Ha recuperado el aliento y el mate en sus ojos—. Pero antes, tenemos que pasar por la editorial, quiero coger algo.

Conseguimos escapar tras varios intentos de increpar a la *todoaclamada* editora. «Por suerte, todo está cerca de todo en esta ciudad», informa Ketty al abandonar el local. También ha referido al «viento gallego» que nos acompaña, una «brisa que proviene del oeste y que suele terminar mal».

—En breve, comenzará a jarrear —dice a las puertas de su oficina, el segundo piso de un bloque burgués al sudeste del casco histórico.

El interior es de un hechicero estilo depurado. Tanto es así, que la reverberación de la puerta al cerrarse me produce un rebote que encubro simulando una repentina tiritera.

De espacio diáfano y suelo hidráulico, algunas sillas de ratán se desperdigan y sientan cajas abiertas con ejemplares comprobados. Una gran mesa, dispuesta en el corazón de la gran sala, y en torno a la cual no queda ninguno de esos añejos tronos, congrega pruebas de impresión con obras a punto de publicarse. Da la sensación de ser una editorial en plena inauguración, o, por el contrario, en pleno declive. Sin cuadros, sin decoración, sin estanterías u ordenadores de mesa; tan austera como un templo acadio. Pero no. Las grandes palmeras de bambú que custodian las esquinas hablan de una prosperidad singularizada por la ausencia de distracciones y el despojo de lo inútil.

Ketty abandona una de las pocas estancias custodiadas por paredes. Carga un portafolios de piel que ha de tener, por supuesto, más años de los que yo acumulo y, al menos, unos más de los que calculo viviré.

—Bien, ya tengo todo lo que necesitaba. Mil perdones por la espera. —Camina a paso ágil—. Vayamos a comer. Espero que estés hambrienta, porque nos vamos a poner a *triscapellejo*.

La Bodega del Riojano recibe a mi anfitriona con casi desfiles y claveles. De la misma manera que una batea criba el oro de la china, nos deslizamos por el atolladero de personas situadas en la boca del restaurante y afluimos hacia el salón, donde un señor de camisa blanca y acento cubano hace triquiñuelas con su libreta de reservas para surtirnos de una mesa.

—Así que, ¿cierto es que tu padre nunca habló de su etapa en Santander? —Ketty ríe mientras ojea la carta—. Pues, ¿sabes qué? ¡Que no me sorprende en absoluto viniendo de él! Era un gran celoso de su vida privada.

—Y que lo digas. Desgraciadamente, he tenido que saberlo husmeando en su intimidad, lo cual me ha llevado a una guerra moral conmigo misma.

—Déjame que te diga algo —murmura sacando la cabeza de la carta y tomando mi mano—. No sabes cuánto me alegra que te decidieras a venir. Poca gente tiene tus agallas. —Vuelve a la madriguera del menú—. Por cierto, ¿te gustan las rabas?

—Sí, me gusta absolutamente todo.

—¡Eduardo! —Agarra al camarero de sus faldas—. Dejamos a tu buen criterio el menú de hoy. Solo te digo que venimos con hambre y que la señorita es forastera. Y tráenos una botellita de ese Rioja tan rico, ¿quieres? Gracias, majo.

Las paredes del comedor están adornadas con barricas de roble pintadas al óleo en su base. Deben de rodearnos unas cien. El pasaplatos de la cocina se encuentra instalado en la antigua campana de una gran chimenea; pienso en las veces que hubo de abrigar a toda una familia de nobles, allá por los tiempos de los garbanzos en la librería.

Sorteando con la mirada vigas de madera, autoritarias en su labor por organizar forzadamente las mesas, observo la decena de escudos de armas que engalanan las palabras que cruzamos.

—Te gusta, ¿verdad?

—Sí, demasiado, quizá. —Vuelvo a crear una panorámica del bullicioso salón—. Sobre todo, porque sé la razón por la que me has traído hasta aquí. Te dije que me entrometí demasiado en vuestra intimidad. —Río chocando mi copa con la suya—. Pero, por estúpido que parezca, me siento más cerca de papá. Gracias.

—Aquí comimos las mejores comidas y reímos las mejores risas. —Se remolca a mi panorámica, en un *ballet* de cuellos—. Aquí. Donde estás tú, y donde estoy yo. He pensado que te haría ilusión.

Ketty apoya su vino en el pulcro mantel y se tensa costado abajo, agarrando la carpeta de piel marrón que anteriormente habíamos tomado de su editorial.

—Creo que deberíamos de comenzar por esto —dice invitándome a coger el cuero—. Este es tu punto de partida para que conozcas mejor a tu padre, que es a lo que has venido. Y, además, para que entiendas el porqué de que mi negocio lleve su apellido; tu apellido.

Sonrío aparentando no haber apreciado el último detalle. Acepto su ruego y tomo el portafolios. Deslizo su cremallera con la reliquia sobre mis piernas. La abro. Saco una masa de folios de márgenes jorobados. Acento ambarino y gramaje que tiende a la absoluta ingravidez: estos papeles han de tener, al menos, seis décadas sobre sus espaldas. Incido en la espesa tinta sobre tildes y puntos y pienso en la ardua tarea de crear sobre una máquina de escribir. Leo la primera página:

De pronto volvió la vista hacia aquellas magníficas nubes que lo sorprendieron en su intimidad cerrada e impenetrable. Esas nubes habían surgido de la nada. Y, sin embargo, lo aturdían en su mirada; lo estaban embriagando. Salir de aquello era ya imposible. No podía desviar la mirada; no podía.

Parecía encontrarse endemoniado, tomado por algo ajeno que dominaba milímetro a milímetro cada órgano, cada membrana de él mismo.

Parecía una lucha interior, una lucha civil que ya había traído no tantos errores heredados, sino una condición específica ensangrentada, yerta, sobre un campo de muerte e incomprensión tal que no podría encontrarse comparación alguna.

El hedor de esa sangría, llevado por las corrientes aéreas, se había transmitido al exterior en determinadas ocasiones.

La vida continuaba más allá de la fortaleza, los fuertes muros no eran impedimento para que todo siguiera siendo igual. Esa fortaleza no era tan fuerte y en ocasiones llegaba a provocar algo, pero también es cierto que la fuerza para cerrar era muy superior.

¿Sería posible que tal situación continuase a través del tiempo, de forma definida? Nadie podía contestar de forma cierta a esta interrogante.

Frente a la creencia de que nadie pudiera observar ese bastión, que nada o nadie se preocupara de alguna manera por él, existía sin duda alguien que sí lo hacía.

Yo mismo.

—El libro que tienes entre tus manos lo escribió tu padre. Fue su primera novela, que quiso entregármela a mí. También fue la primera novela que alguien quiso confiarme, razón por la cual, esta editorial, mi editorial, tiene su ADN. Ahora me gustaría que la tuvieras tú. Léela, él está enmascarado tras ella. Te ayudará a conocerlo.

Entonces el vino no consigue aplacar un ritmo cardíaco inevitablemente acelerado. Mis dedos, convulsos, tampoco consiguen atrapar la serpenteante danza de cada una de las palabras, antes solo texto. Ahora, todas vida. Antes era mi voz interior la que guiaba la lectura, ahora es su voz de lana. Está aquí. Antes era una obra, un tomo, una composición poetizada de nuestro vocabulario. Ahora es su alma, aunque en su versión de bolsillo, ya que, de la real, fe doy: era inmensa.

—Pero, ¿cómo puede ser? ¿Escritor?

—Y de los buenos, te lo aseguro.

—Tampoco nos dijo nunca nada de eso.

—Y para eso estás aquí, ¿no? Para que yo te revele sus más oscuros secretos —contesta Ketty con una risotada que aguarda tantas otras—. Coge una raba y pica algo de pulpo, que nos vamos a finales de los cincuenta y principios de los años sesenta.

A la mesa no dejan de llegar platos y bandejas; cantidades exageradas frente a las que trato de aparentar un saque norteño. Con el anhelo de que el convite devenga definitivo, la cocina sufra un apagón o agotemos los moluscos y crustáceos del Cantábrico, distribuyo mis movimientos para no alertar el instinto materno de Ketty.

—Mi padre murió de una sepsis cuando yo aún no había echado los dientes. Mi madre tenía nada más y nada menos que cuatro hijos a sus espaldas y, lejos de ser una *apañapalucos*, que es como llamamos aquí, o llamábamos, a las mujeres que van por ahí recogiendo cosas sin valor, se hizo arenera.

—¿Qué es una arenera? —Disculpo mi desconocimiento llevándome una vieira a la boca.

—Una arenera era la mujer, porque eso solo lo hacían las mujeres, que transportaba arena en los cuévanos de su burra. Mi madre la extraía de los pueblos situados en los alrededores y la vendía por las calles para que las amas de casa fregaran vajillas y cocinas. Para que me entiendas: el pariente lejano del detergente que hoy día conocemos.

—Parece algo bastante duro —contesto.

—Desde luego. Y como yo era la hermana mayor, no tardé en trabajar. —Solapa su apunte a un gesto afable dirigido a una mano que la saluda desde la cocina—. Durante años trabajé en una conservera y, cuando cumplí los diecisiete años, frecuenté los círculos literarios de la ciudad. Ahí fue donde conocí a tu padre.

—¿En una de esas reuniones literarias?

—Exacto, en un guateque organizado en torno a Machado.

—Suena a película.

—¡Y lo era! —exclama con una palmada—. Descubrimos que la literatura era lo que nos había acercado. Tanto era así, que trabajábamos a pocas calles el uno del otro y éramos como dos fantasmas que jamás se habían cruzado. Él cargaba y descargaba el género en el puerto; género que yo recibía para seleccionarlo y envasarlo. Él soñaba con ser escritor, y yo con dirigir una editorial —dice con olvido hacia el banquete que se rinde a su vista, ahora algo perdida—. Pero tu padre nunca fue como uno de esos berberechos que se cargaba a la espalda, sino como una de esas gaviotas que volaban en torno a ellos. Él era demasiado libre.

—Sí. Un jinete del espacio, así lo llamaba yo.

—Él fue el gran amor de mi vida. Pero se fue. Se fue en 1961 porque su madre, tu abuela, enfermó. Y Madrid lo llamó a gritos... Nunca más volvió. Yo me quedé esperando su regreso, su contestación, pero olvidó la vida que aquí teníamos. Después, con los años, empezamos a cartearnos, pero solo como viejos colegas. Debió de sentir arrepentimiento, o Dios sabe qué, pero dejó mis cartas en el cajón.

—Lo siento, Ketty.

—No lo sientas, él buscaba algo, una cosa abstracta, pero también huía de otra que nunca llegué a entender del todo. Al irse, le pregunté si alguna vez había visto un corazón iluminado. —Ríe, con tristura—. Él me contestó que sí, que había visto un corazón en llamas. «Por eso me voy», dijo.

—Creo que tenía miedo de querer.

—De querer, pero aún más de ser querido —añade—. Me dijo, pocos días antes de decidir su marcha a Madrid, y cuando tu abuela comenzaba a enfermar, que sentía a su madre como a una desconocida —dice encogiéndose de hombros—. Que conocía a quien el pecho le había dado, pero no a la persona cuyos senos también habían sido concebidos para no amamantar. Y que tenía que ir, antes de que fuese tarde.

—Cuánto me suena lo que me cuentas —mascullo—. Veo que viene de generaciones atrás eso de sentir que hay renglones vacíos y autores bajo seudónimos.

—Escucha, Carmen. Yo soy madre, y a veces los padres cometemos el error de impedir que nuestros hijos nos ayuden en la tarea de ser personas. Y no lo hacemos por soberbia, o por menosprecio; lo hacemos por miedo a que se puedan dar cuenta de que somos humanos, y que por ende tenemos carencias, fallos y defectos —me consuela vertiendo más de ese Rioja en mi copa—. Siempre con la careta, siempre tratando de aparentar. Y sé muy bien que tu padre fue el líder de esa secta, y sé muy bien que tú estás aquí para descubrir al hombre tras la careta. Porque él también fue en busca de eso.

—Antes has dicho que huía de algo, ¿con ello te refieres a su miedo de querer y ser querido? —amago pretendiendo pasar de puntillas sobre un discurso que me produce lágrimas—. ¿Crees que se marchó renunciando a un sueño?

—Sin duda. Tu padre se pasó la vida discutiendo consigo mismo esa dualidad —puntualiza—; la de renunciar a sus sueños con tal de no renunciar a las personas y viceversa. Esta batalla en concreto, la de ser escritor, y la de vivir aquí, en Santander, y conmigo, la perdieron sus sueños —se lamenta mirando el pozo de su cáliz—. Un dualismo matador, siempre el bipartidismo en sus elecciones internas.

—¿Con eso te refieres a que él no creía en equilibrios?

—Más que ser extremo, te diría que tenía una visión algo pesimista sobre las cosas que no podría remolcar a la hora de tomar un camino u otro. Yo, por un momento, quise adueñarme de esa visión que él tomaba por bandera. Recuerdo muy bien, relativo a eso, otra de las cosas que le dije en la víspera de su marcha. —Se toma unos segundos para compilar un adagio que parece haber sido invocado tras los años, pero no verbalizado desde 1961—: «Puedes quedarte y apreciar conmigo la belleza del desastre, o puedes irte, seguir tu camino y buscar otro infierno». Y, como bien sabes, escogió irse. Creo que por todo esto huía de las relaciones que no fuesen biológicamente inevitables. No quería más lazos, no quería volver a verse en la ardua tesitura de negar algo para poder aceptar su contrario.

—Ketty, me atrevería a decir que de él aprendí esa forma de ser —protesto frunciendo el ceño.

—¿A qué te refieres, cariño?

—No sé, quizás por ello esté soltera y sin hijos. Porque, en realidad, nunca me había parado a verlo así; en el equilibrio está la virtud. Y yo nunca he querido pensar en equilibrios.

Entonces devuelve el tenedor a su flanco derecho y suelta un relincho más animal que humano.

—¿Eres consciente de que las relaciones personales son un componente esencial de la felicidad humana? —Se lanza con retórica hacia mí, apartando los objetos que se interponen en su panorámica—. El sentido de pertenencia a menudo se subestima, incluso tiende a relacionarse con la pobreza personal, o con el terror que produce el imaginarse en una vejez solitaria. Pero en absoluto es así, Carmen, en absoluto. —Sacude la cabeza mientras atrapa de nuevo el tenedor—. El sentido de pertenencia solo se tiene en familia, y es parte del éxito de la vida... y es por ello que no culpo a tu padre cuando fue en busca de su madre —dice señalándose a sí misma, como si mi padre hubiese habitado su credo—. Porque él, sin saberlo, iba en busca de su propio sentido de pertenencia. Es inevitable.

—Así es, fue de bruces hacia eso de lo que tanto huía.

—Y tú me recuerdas tanto a él, corazón, empeñándote en esquivar algo que crees te limitará, viniendo hasta aquí en busca de su memoria... Es hermoso esto que haces por tu padre y por ti. Pero creo que olvidas algo —dice apoyando la barbilla sobre sus entrelazados dedos.

—¿El qué? —pregunto acortando su alto en el diálogo.

—Olvidas que este es un viaje de memoria, pero, también, de identidad. Porque no tendría sentido armarte de valor para venir hasta aquí, si no es para que tú también te reconozcas a través tu padre —habla entre el ruido, a través de túneles de sepulcral silencio en los que solo está su voz—. Al igual que él, sin saberlo, has venido a reclamar tu trocito de sentido de pertenencia, cuando has creído venir únicamente a destapar un hombre apodado. Pero no —ríe—, siento decirte que tu billete de tren se lleva otra maleta más.

Demasiado tarde para amagar otro discurso de lágrimas.

Porque así es. He creído venir únicamente reclamando memoria y recuerdo, cuando también lo he hecho para saberme y notarme y averiguarme y dominarme.

En sus cartas, era yo.

En las tildes de mis justificaciones, era yo.

En cada vértice del triángulo equilátero, soy yo.

Y en cada prisma oculto, también soy un poco yo.

Ketty se levanta y me consuela con un abrazo donde bien ha de caber el mismo edén. Dejo rímel en su jersey negro a rayas blancas; parece no importarle. Me toma de las sienes y pasa sus pulgares por las bolsas de mis ojos, llevándose un poco de pena a las manos. Pena negra, pena hecha costra.

—Vente conmigo a Madrid —gimo entre golpes de mocos sobre un pañuelo que se retuerce en mi nariz—. Soy una buena compañera de piso.

Ambas reímos y aguardamos a que amaine la tormenta, entre golpes de mocos auxiliados por las servilletas que Eduardo acerca bajo un gesto reparador. Ni siquiera recuerdo la última vez que lloré de esta manera.

—Antes me has dicho que habías traído fotos de él, ¿no?

Girándome hacia mi bolso me adentro en él, tomando el respiro en forma de sobre y dejándolo caer en sus palmas con la mejor sonrisa que puedo darle.

—A tu padre le encantaba, cuando me veía leyendo, coger el libro que tuviese entre las manos para empezar a recitarlo en voz alta —rememora con la mirada puesta en la baraja de fotografías que sostiene.

—¿Pasabais mucho tiempo juntos?

—Oh, sí, y no solo porque viviéramos juntos. Las aficiones en común que teníamos no solo giraban en torno a la lectura. A ambos nos gustó siempre navegar.

—¿De veras?

—¡Sí! Tu padre, incluso, consiguió el título de Patrón de Embarcaciones de Recreo. —Se desternilla con la mirada todavía sobre el bloque de instantáneas—. No teníamos, ni de lejos, el dinero para alquilar y, ni mucho menos, para comprar un barco, aunque fuese pequeño, así que tu padre hacía favores a todo el que en el puerto los necesitara para que, aunque de prestado fuese, pudiésemos navegar una mañana de domingo.

—Sabía que le gustaba el mar, pero lo que no sabía era que tuviese el título para poder navegar.

—¡Y mejor que no lo hubiese tenido! Recuerdo una vez en la que ambos estábamos absortos en un islote más allá de Somo. Yo quería fotografiarlo —sigue entre carcajadas—, porque una bandada de gaviotas componía una estampa que bien me hubiese servido para colgarla en una galería. Y tu padre empeñado en acercarme. Y yo empeñada en que parase el motor. Tanto fue su empeño, porque de cabezonería él sabía un rato, y tanto fue lo que nos acercamos a él, que nos quedamos encallados en unas rocas próximas.

—¡No me lo puedo creer!

—Como oyes. —Eduardo cambia el surtido de servilletas por un surtido de postres—. Parece que estoy viendo a tu padre ahora mismo llevarse las manos a la cabeza y echarse al agua con su ropa puesta. ¡Y eso que era febrero! Cómo chillaba: «¡Que el velero es del jefe de tráfico marítimo! ¡Hasta en Madrid van a oír la que me va a caer!».

Y la sonata no cesa en su ritmo.

Y los verbos no dejan de encontrarse y de emparejarse.

Aquella vez en que uno de esos círculos literarios organizó una fiesta de disfraces en torno a autores del siglo XIX y mi padre y Ketty confundieron su fecha. Aparecieron caracterizados, él, como Oscar Wilde, con una «capa, chaqueta cruzada, botas altas y una ridícula raya en mitad de su cabellera», y ella, como Emilia Pardo Bazán, con «un tocado que parecía un nido de cuervos y abundante relleno metido bajo el camisón negro, porque ya se sabe que...».

La vez que cenaron en aquel sitio tan elegante y mi padre llevó una nariz postiza. La otra vez en que se vieron sin dinero en una cafetería y no tuvieron más remedio que tomar carrerilla y salir corriendo. Una de las tantas veces en que mi padre imitaba caídas de lo más escabrosas.

Su forma seria y adictiva de contar chistes malos.

Su forma de tumbarse de cara a la orilla de la playa para hacer de rompeolas cuando el ábrego era tímido.

Su original manera de indicar direcciones cuando alguien le preguntaba: «Sí, ¿ve aquel árbol que parece un pulpo haciendo malabares con unas perlas del fondo marino?». En realidad, se refería a un naranjo triste.

Sus parcas dotes para arreglar con sus manos; en cuántas ocasiones todo empezaba por una lámpara rota y terminaba con varias horas de velas como única luz.

Ketty, parece que has vivido esperando mi visita.

11

Santander, sin conocer tus adentros quise quererte como quien quiere a un amor de verano. Llegando a ti, desde el tren, me enamoré de tus luces, de una melena castaña que brilla por las partículas de sal que en cada mechón moran. Porque, en verano, el amor nace de una melena. Y en otoño, este otoño, un idealizado romance ha nacido de esa hojarasca sobre la que he querido acunar unas huellas. Pero, ¿cómo es posible? ¿Cómo un amor platónico hace más de sí mismo en la cohabitación que en la alucinación? ¿Cómo consigues expulsarme de tu reino más enamorada de lo que en él entré?

Bajo mis brazos viaja el alma de bolsillo de mi padre.

Su libro. Su obra. Sus ideas. Su testamento y mi herencia. El tren anuncia que el verano acaba, que Santander atrás queda con su melena de sal siendo, ya solo, postal, igual que sus vieiras fuera de mi boca, y su mar, ¡qué mar!, ahora tan alejado de mis tobillos. Y su Gran Hotel El Sardinero; ¿dónde patinan ahora tus reflejos en los charcos? Y Ketty. Bueno, Ketty queda en mí.

Los raíles se tuercen apuntando hacia Málaga; tercer y último vértice del triángulo equilátero. Tercer y último prisma por descubrir. De nuevo, un cristal convertido por metamorfosis en caleidoscopio, aunque ahora, por el contrario, de mis propios destellos y de mis propias sombras.

061136. Cumpleaños de papá.

Móvil desbloqueado. Cronómetro.

Pulso el icono que lo detiene; hasta allí fui y hasta aquí vine buscando reconocerme a mí misma. Y hasta allá, Málaga, voy con idéntica intención. Sus tres y mis tres prismas ocultos.

Sorprendida por la indigestión, que no intolerancia, de las palabras de Ketty, pienso en lo diestra que ha sido al saber trasladarme lo que ni Emilio, ni mi hermana, ni yo misma, hemos sabido plantear: la huida hacia atrás del sentido de pertenencia, la dualidad que enemista sueños y personas, o la búsqueda de la persona tras un papel representado. Cosas que ya conocía de mi padre, pero que ignoraba de su hija.

Y de nada serviría este valor si no me reconozco a través de él. Y de nada serviría buscar a papá si no me invoco por medio de su legado.

Los tropiezos de las semicónicas ruedas sobre los carriles marcan el compás de mi introspección. En esta labor me auxilia el vagón *en silencio*. Setecientos cincuenta kilómetros y casi once horas de travesía; suena a poco si en este intervalo de tiempo he de presentarme a mí misma. Me consuela que Málaga me dará, al llegar, su primera luz. Igualmente alumbradas, aunque bajo pequeños focos que se arman en ristra y crean una larga serpiente vestida de feria, veo ante mí coronillas cuyos vaivenes constatan una siesta dirigida, también, por el compás de las semicónicas ruedas sobre los raíles.

Continúo observando mi entorno y me da por pensar en los dos tipos de viajeros que existen: los soñadores pasivos y los soñadores activos. O lo que es lo mismo: los soñadores inertes y los soñadores sufridores.

Yo, hoy, pertenezco al segundo grupo. Del grupo que no va a pegar ojo en toda la noche. Algunos del primer grupo de soñadores no pueden disimular su condición de pasivos-inertes; roncan como un rinoceronte con asma. Y al igual que ellos, yo tampoco puedo evitar señalarme como activo-sufridora, puesto que llevo puesta la cara de pensar.

Pero lo cierto es que, a medida que acometo esta andanza, no hago más que asomarme a un abismo cuya profundidad nunca hubiese podido imaginar. Y de vértigo debería de estar hablando, o de temblores, o de un hormigueo sofocante que viaja desde la espina dorsal hasta la palma de los pies, liberando un sudor frío. No. Nada de eso. Hay colores, cálidas tonalidades tales como la del azafrán o la del albaricoque maduro y rojizo. Veo las vidrieras de la Sagrada Familia, aquellas que no pude visitar por estar hablando de memoria, en concreto, las que visten la nave del portal de la Pasión, de esa especia y de esa fruta de verano, tan acentuadas por la proximidad del solsticio de invierno, tan tónicas por un sol que se pone antes de llegar al oeste y que accede perpendicularmente para inundarlo todo.

Cierro los ojos y me asomo a ese abismo; no tengo miedo porque existen los colores, sí, los colores de su alma.

En realidad, he vuelto a reanudar el cronómetro mientras esa serpiente con farolillos distraía el adiós del día. Porque estar hablando de mí, en los presentes términos, es estar hablando de mi padre, al que ahora siento más cerca.

Tomo sus fotos y reubico entre ellas aquella que Emilio me regaló frente a la plaza de la Gloria. Recuerdo su dedo torcido, a la vez tan firme y alunarado como el caparazón de una tortuga carey, acariciando con su yema el torso de mi padre, torso donde además descansaba Ringo. Recuerdo también haber pensado lo mismo que ahora pienso: «Qué feliz pareces, papá».

A pesar de una vida que vacilaba, de una sospecha bien fundada hacia el desequilibrio político y social, a pesar de todo y a pesar de nada. A pesar del hambre y a pesar de tus dualismos, que en otro plano fotográfico quedan, a pesar de una enfermedad y de barcas prestadas y de cuatro pelas en el bolsillo, y eso si era principios de mes. A pesar de todo eso, pareces feliz.

«Y tú, Mario, ¿sabes si tu padre era feliz?», me pregunto al ver su notificación de llamada perdida que ha hecho vibrar mi bolso.

Sirviéndome de un paisaje más urbano que agreste donde seguro la cobertura no me abandonará, al menos, en lo que una sobria conversación entre hermanos sin demasiado trato pueda durar, tomo lo elemental y me escabullo entre soñadores pasivo-inertes hasta el último vagón, donde se encuentra la cafetería.

No da lugar a que suene el tercer tono.

—¿Qué es eso de que te has cogido unos días? —pregunta Mario en un diálogo todavía sin madurar, dando por concluidos los preliminares—. ¿Estás bien?

—Sí, tranquilo, estoy bien. No hagas caso a Asun, es solo que necesitaba un descanso y ya sabes que odio viajar en verano.

—Ya sé que no te gusta el calor, pero no es lo mismo una escapada a Menorca, con sus playas, sus garitos y un gin-tonic antes de acostarse para que el medicamento entre bien, que un Interrail con escala en la memoria de papá. —Un vehículo de gran tonelaje pasa junto a él y su runrún se cuela por el micrófono, obligándole a hacer una pausa—. Ya sé que me vas a bufar, pero, ¿seguro que estás bien?

No sé en qué punto del inicio de nuestra vida adulta, o en qué punto del final de nuestra vida rapaz, Mario y yo decidimos tácitamente alejarnos.

Siendo el mediano de los tres hijos, sigue a Asunción en un trecho de dos años; la misma distancia que yo mantengo con respecto a él. Asunción siempre ejerció de adulta, incluso cuando era una chiquilla. Rara vez dejaba de tragar sus llantos para permitirse ser una más de la manada infantil. Entre tanto, Mario y yo le suscitábamos fuertes dolores de cabeza a causa de nuestras fechorías varias, de las que ella llegaba a hacerse responsable.

El uno no era sin el otro.

Y ahora, sin embargo, el uno es sin el otro.

¿Cuándo terminaron nuestras salidas en grupo? ¿Por qué antes te hubiese confesado el tuétano de mis secretos y ahora ni mi piel pueda darte? ¿Qué trance nos llevó a ser dos extraños? ¿En qué instante decretamos más de dos meses sin hablarnos? Antes, ni una sola noche en silencio. Ahora, veo tu llamada y hago esfuerzos por recordar cómo suena tu voz.

Pero supongo que ese es uno de los efectos secundarios de ser adulto: el pensar que hay briznas más importantes, o más prioritarias que una persona, para luego preocuparse, cuando es demasiado tarde, por la memoria. No deberían de prescribir ser adulto sin el pautado posológico de un especialista.

—¿Alguna vez piensas en la memoria? —le interpelo sin disculparme por el atraco.

—¿Cómo? —Otro coloso de chapa sobre discos de caucho vuelve a pasar junto a él, acariciando mi conducto auditivo.

—¿Qué vas, caminando por medio de la autovía? Eso, que si alguna vez te paras a pensar en el valor de la memoria —insisto.

—No es algo que priorice en mi día a día, supongo.

—Yo tampoco pensaba en ella —tercio—, porque hablar de memoria significa hablar de alguien que ya no está. Simplemente he preferido, quizá, vivir de lo que esa persona me dio en vida, de lo que durante nuestra existencia en conjunto pude llevarme. Pero la memoria es más que eso.

—Insisto, ¿estás bien?

—Cuando murió papá —contesto, ignorando lo que Mario busca ignorar—, habría sido suficiente con lo que él me concedió en vida. Suficiente para cerrar un duelo y poder seguir adelante, ¿entiendes?

—No.

—Que a veces necesitamos vestir la memoria de otros para abrigarnos del frío. Que, a veces, y solo a veces, nuestro mosaico queda incompleto, a falta de piezas cerámicas que se van para no volver. Porque en efecto, Mario, la especie humana es demasiado idiota.

—En eso último estamos de acuerdo, Carmen.

—Y respondiendo a la pregunta que me has formulado, sí, estoy bien. Y respondiendo a la pregunta que no me has hecho y que me has querido hacer, sí, ese es el motivo por el que estoy en un tren ahora mismo. Porque él se fue con sus piezas de memoria, y a mí me dejó inacabada. Al principio, este viaje solo pretendía llegar al hombre tras el padre, pero ahora, al asomarme a él, sé que, al llegar a ese hombre, llegaré también a mí.

—...

—Sé lo que estás pensando.

—Porque tú también lo piensas.

—No quiero volver a arrepentirme como me arrepiento ahora —digo pretendiendo enjabonar la conversación, mudando mi tono de voz—. De la memoria no debería comercializarse su cuero, ni siquiera con dispensas basadas en la moral, como es mi caso. La memoria ha de ser, siempre, animal vivo. Y como te he dicho, en este viaje estoy aprendiendo mucho, de papá y de sus tallos, por lo que no voy a permitir que entre tú y yo ocurra lo mismo.

—Te quiero, Carmencita. —Hace por respirar, pausándose sin camión que interfiera en su altavoz—. Yo estoy incompleto, ¿sabes? O desvestido, o como quieras llamarlo. Pero cada día que pasas así, conformándote con que la memoria se almacene en una nube, intentando ser esa mujer o ese hombre hiper competitivo, es más difícil encontrar las piezas que se han ido. La diferencia que existe entre tú y yo es simple, pero poderosa: tú eres valiente.

—Yo creo que soy una arrepentida.

—Pero, ¿de quién es el mundo si no? De los arrepentidos. Solo ellos se atreven —me consuela—, porque son los únicos que toman conciencia. La historia está escrita por arrepentidos.

—He estado en Barcelona y no te he escrito —confieso.

—Lo sé. Pero quizá es lo que merezca, ¿no?

—No, en absoluto mereces eso. No te llamé porque en este viaje había algo de lección. —Me río llevando la manga del jersey a mi nariz, rebañando también algunas lágrimas que reptan por ella—. Lo siento, soy profesora, ya sabes, siempre aleccionando. Cogí el primer tren enfadada con el mundo, enfadada incluso con vosotros, que parecíais ignorar la memoria de papá. Y no me di cuenta de que pasaba por alto lo más importante.

—¿El qué?

—Que la memoria empezaba por vosotros. Antes, cuando decía que *la memoria es más que eso*, el *eso* quería referirse al error habitual que cometemos al homologar recuerdo y memoria. Pero para nada es lo mismo. Yo veo el recuerdo como aquello con lo que decidimos quedarnos de aquel que se va, mientras que la memoria es la búsqueda de quién, realmente, es. En presente. Y tiene que ver con la identidad —digo advirtiendo una curva que lleva mis manos a una barandilla—, con la de uno mismo. Y ahí estaba yo, valiente pánfila, tomando un tren y pretendiendo dar, con el silencio que guardan las pataletas infantiles, lecciones de moral.

Mario ríe al otro lado, en su teléfono. Ríe en Barcelona, pero no para ella, sino para mí, mientras me pregunto cómo pude dejar su voz sin latido, ronca en su aullido.

Aullido que espantaba a todos mis lobos.

—Ahora sé que, a pesar de concluir este viaje y encontrar aquello que llamo *los tres prismas ocultos*, ...

—Espera, ¿los qué? —me frena.

—Tú preguntas mucho, ¿no? Ya te lo explicaré, es algo que necesita más de una conversación por teléfono —contesto sin ánimo de darle, al menos de momento, más aclaraciones—. Vuelve entonces a lo que te contaba, Mario.

—A pesar de concluir este viaje...

—A pesar de concluir este viaje —Tomo el testigo para avanzar en mi carrera— y encontrar aquello que busco, incluso, después de conversar con aquellos que me ayudarán a entender, incluso, después de llegar a las vísceras de papá, incluso, tras todos esos *inclusos*, sé que sentiré el frío. Sé que me sentiré algo desabrigada. Y lo peor de todo no es la neumonía que pillaré o, mejor dicho, que pillaría, porque ahora sé cómo prevenirla. Lo peor de todo es que, de no haber hablado contigo, nunca hubiese podido entender ese frío. Ahora sí lo hago —digo asintiéndole a mi reflejo en la ventana—. Me faltaba vuestra memoria. Así que gracias, Mario, gracias.

—No me des las gracias, Carmencita, porque, en cualquier caso, seré yo quien tenga que agradecer este disparo a una de mis alas. Estaba acercándome peligrosamente al sol, y comenzaba a quemarme. Ahora estoy más cerca del suelo —

cavila mermando la fuerza de su voz—, y creo que empiezo a entender cosas que nunca, antes, hubiese entendido.

—La hermana pequeña enseñando cosas al grande, ¿te das cuenta para lo que has quedado? Estás empezando a perder facultades.

—No tan rápido, que todo esto yo ya lo sabía —se jacta aupado por su particular risa nerviosa, la cual había aprendido a olvidar—. Lo que ocurre es que te había dejado libre albedrío, y estaba viendo cuánto tardabas en darte cuenta por ti misma.

—Ya, claro —respondo—. Pues mira, aprovechando que estás tan bíblico, déjame decirte que bienaventurados los que habitan en tu casa; perpetuamente te alabarán.

—¿Qué?

—Que el mes que viene hay concierto de Los Rebujitos en Barcelona, así que puedes ir lavando sábanas, porque me quedo ese fin de semana en tu cuarto de invitados. Y no te preocupes, que no solo te alabaré; yo invito a la entrada.

—Eres genial. Te quiero

—Yo más.

12

Lo que creí se convertiría en un Trono de la malagueña Semana Santa, no por su belleza, sí por su esencia de espectáculo, efectivamente en él se convirtió. Con coronillas bailándose a diestro y siniestro en sincronizada coreografía, con mechones de pelo contoneándose como se contonean los faldones de la Virgen María, con saetas emitidas no desde balcones, sino a través de pequeños altavoces, resultó el paso tan embaucador que terminó embolsándose la fe de la presente narradora. Entonces dejé de ser soñadora activo-sufridora, pese a mi orgullo.

Así que, durante algunas pocas horas, me mudé al lado de los soñadores pasivo-inertes. Bueno, más que pocas. Bueno, casi todas. Tras hablar con Mario y surtirme de una botella de agua con gas que desprecié, precisamente, por su gas, me procuré una de tónica y una cena descongelada que recomendaría uno de cada diez cardiólogos. Y me dormí.

Me prometí, al llegar, la luz de Málaga. Su primera luz. Y lo hice a cambio de ser soñadora activo-sufridora, en justiprecio por el sabido sufrimiento de una noche en vela. Sin embargo, será cosa del castigo por haberme quedado dormida, que la capital de la Costa del Sol me recibe con la cólera tibia de un cielo cargado, casi oscuro.

La Estación María Zambrano es el patio de un colegio. Y el colegio, Málaga. Será por las tiendas que en su interior viven, será por los supermercados, o por congregar también el servicio de autobuses, o por los puestos que, recreando el ágora propia de antiguas civilizaciones, gestan en la médula de su planta baja bullicio de vendedores y de escurridizas presas. Será por todo eso que este valioso eslabón de historia ferroviaria parece un órgano vivo dentro de este gran cuerpo, antes llamado *Malaka.*

O será, simplemente, porque es Andalucía.

Son las ocho y media de la mañana y las gaviotas vuelven, o van, de marcha. Hacen del cielo su reino y de la tierra su vertedero, y yo me detengo en un semáforo a observar cómo, a medida que atraviesan la altura —a no muchos pies, parece—, rasgan las nubes para abrir el día.

—Menudo bicho más *maharón* —dice con descontento un señor que se posiciona a mi altura, con la calabaza apuntando a la bóveda, ahora más celeste que grisácea—. *¡Fite tú!* Ahora, incluso, se llevan al pico las basuras, y dejan las calles de aquella manera.

—A mí me parecen espectaculares —discrepo al ver que el semáforo me liberará del debate en pocos segundos—. Pecho blanco intenso, dorso gris azulado, pico fuerte con una brillante mancha roja... qué maravilla.

—Tú no eres de por aquí, ¿no? —pregunta finiquitando los preparativos de una impugnación a mi romántica respuesta.

—Bueno, digamos que no... Soy de más arriba. Pero no me puede usted negar que son aves majestuosas —digo ratificando un discurso que se envalentona por el semáforo parpadeante—. Hace poco leí que son monógamas, coloniales y con una increíble capacidad de adaptación.

El señor que, carrito en mano, no esperaba salir de su casa esta mañana y encontrarse inmerso en una mesa redonda, me muestra su portada y, sin dejarse alborotar por un sol todavía tierno y verde, pone palma en canto sobre cejas mientras arruga los renglones de su frente. Debe de haber pasado recientemente el meridiano de los setenta años, así que no está para tonterías.

Me observa, torciendo su bigote y frunciendo párpados de lagarto. Pienso en que, quizá, mis últimas palabras hayan sonado en su cabeza como graznidos y que, para sus ojos, mi bufanda sea una espesa corona de plumas blancas. No sé, quizá haya dado sin saberlo con el neurótico de los pájaros de Málaga. En ese momento, en medio del incesante pitido de un semáforo que nos invita a cruzar, una gaviota devora a una paloma que en el asfalto yace sin vida. Los dos miramos el empeño que el gran animal pone en la tarea. Y los dos nos volvemos a mirar.

—Pues si tanto te gustan, joven, cógelas y llévatelas allá donde no sepan venir de vuelta. ¡Eso sí que estaría *to' perita*!

Primera lección malagueña aprendida: odio a las gaviotas.

La calle San Telmo, con edificios de principios de siglo XX, tomó buenos apuntes de su antepasada andalusí. Estrecha, con una holgura que no ha de ser superior a los tres metros, esta corredera vive en una eterna primavera. Alejada de ruidos pese a ubicarse en pleno centro de la ciudad, sus paredes de gotelé, melladas y a dos pinturas, permanecen frías por la sombra que, durante buena parte del día, la palpa. Sus ceñidas dimensiones obligan al gesto, al saludo; quizá entre estas tapias se aliñara el hechizo de encanto y cercanía que caracteriza al andaluz.

Y en ti, querido Sal Telmo, me quedaré.

Me lo he ganado. Esta vez, todo un apartamento para mí. Por ser el último destino, por estar cansada, por haber logrado llegar hasta aquí sana y salva. Me da igual, cualquier excusa es válida para justificar dos noches en un exquisito piso en pleno centro del edén mediterráneo.

Y volviendo a ti, papá, tras fingir ante el recepcionista que no me encuentro exhausta, tras bajar persianas y cerrar cortinas para crear una penumbra controlada, tras organizar alguna ropa en los armarios, reanudo el cronómetro. Ante mí reapareces. He aquí tu último destino, la última pisada de la que nos dejas surco.

Emulo las maniobras que en cada parada he procedido a hacer: correspondencia, fotografías y mapa. Martín Velasco, calle Jerezano, 7, Cruz de Humilladero. Algo menos de media hora en autobús desde Alameda Principal-Norte, muy próxima al barrio del Soho, a pocos minutos a pie desde donde me alojo.

Tomo una de tus fotos, una de la Navidad de 1992, según leo al pie de ella, para así hablarte con mi pensamiento.

Admito que algo desorientada me tienes, papá, y con ello no me refiero a una Málaga enmarañada en su plano. Todo lo contrario; parece bastante fácil llegar. Me refiero a unas cartas que se asemejan más a un acertijo, a un acervo de jeroglíficos, que a la reliquia de tu vida. Las leo y las releo y siento, con la resaca de Barcelona y de Santander en lo alto de mí, que, a medida que hago por conocerte, más desconocido te siento.

¿Será eso bueno? ¿Será este el trillado mal del estudiante que, conforme profundiza en el análisis de un campo, cree saber menos de él? ¿O será que estoy perdiendo el juicio?

Ahora mismo me salvan dos cosas. Bueno, tres para ser honestos. La primera, una cita de Heidegger que leí en el tren, camino hacia aquí, en uno de esos momentos en que quise ser soñadora activo-sufridora: «La gran tragedia del mundo, es que no cultiva la memoria», dando sentido a este encargo de nadie. La segunda cosa, otra reflexión, esta vez de Sócrates, auxilia mi impresión de absoluta ignorancia hacia mi padre: «Solo sé que no sé nada». Quizá tener conciencia de mi propia ignorancia sea el analgésico que necesito aplicar.

La tercera, la última cosa, es el hecho de pensar en el gran espeto de sardinas con el que voy a deleitar a un paladar famélico. Eso sí que resulta vivificante.

Apresurándome por apuntar en mi bloc de notas la línea de autobús que he de tomar, la N3, cuya parada más cercana es la 425, termino de rematar aquellos detalles sobre mi destino que podría necesitar en caso de muerte súbita de mi teléfono móvil. Los *pre-millennials* tenemos eso.

Paseo por El Limonar, ese tipo de barrio que te lleva a pensar en un retiro precipitado. Después de un espeto que se ha convertido en dos, y de una cerveza que, también, ha querido convertirse en dos —y no por fenómeno celestial, sino porque así es el sol de Málaga, cuco y charlatán—, digiero entre plátanos de sombra el banquete y los motivos por los cuales no puedo quedarme aquí eternamente. «Eso es discutible», me decía el tercero en venta de una urbanización que ha estado flirteando conmigo desde que he torcido la esquina.

Málaga me ronronea y me pide que la pasee porque mi andar, según dice, son las caricias que necesita para no dormir, para mirar desde lejos las luciérnagas que se pierden a lo largo de su Mediterráneo echando redes al mar, pescando, entre oscuridad, deseos por subir a su lomo, a su Alcazaba, cuando a la mañana siguiente por la luz mueran.

Pero hoy, con gran pesar sobre mi conciencia, no puedo.

La impresora del autobús me invita a coger mi título de transporte, y yo me apresuro por tomar asiento tras el fuelle de ese gran acordeón azul, junto a una de las ventanas. Si pasearte no puedo, Málaga, haré por rodarte. Entre badenes y semáforos reviso si conmigo viene el *pack* de investigadora particular nivel *amateur*, o lo que es lo mismo: correspondencia, fotografías y un poco de desequilibrio gastrointestinal.

Mi móvil vibra y me recuerda algo que he solido olvidar, algo que, al reparar en ello, quisiera seguir pasando por alto. Uno, cuando omite el ser persona, difícilmente quiere volver a serla.

Porque ser persona, a veces, apesta.

Carlos me escribe desde Barcelona; se pregunta cómo de improbable sería que mi tren de vuelta a Madrid desobedezca el tráfico ferroviario y en La Boquería aparezca. También Pablo se interesa por mi octava fase, por la luna menguante del viaje, y Asun, que quiere los detalles, me hace llegar algunos mensajes de voz. De la misma manera, Ruth, la eterna directora, sin segundas intenciones, y la comercial de la inmobiliaria, Lorena, o Lucía, o Leticia, o como diantres se llame, ella sí con segundas y terceras intenciones, se interesan por mí suplicándole al mundo que siga en mis cabales.

Termino de responder a todos los mensajes cuando, en la rotonda Sánchez Blanca, el conductor del autobús anuncia el fin del trayecto. A mi alrededor, nada. Bueno, generoso sería decir *nada*, porque en el escalofrío de la nada el peligro no encuentra su ser. En su lugar, maleza y broza y polígonos cuya propaganda de abandono la hacen sus grafitis. Camino a lo largo de la gran avenida que se me presenta, y sigo una ruta que me lleva a torcer alguno de sus edificios, conduciéndome, tras unos minutos, a una barriada oculta tras naves. Ante mí se suceden las viviendas tipo bungaló, de una sola planta, cuyas puertas están cubiertas por visillos y sus enrejados me recuerdan a las películas de Saura o de Benito Zambrano.

Finalmente, tras un solar cercado por una valla marchita, ahí aparece: la casa, mi casa. El número siete de la calle Jerezano. He soñado contigo, aunque no parezcas el tipo de fortaleza con la que uno pueda fantasear.

Te dejas desafiar por un camuflaje que no informa sobre tu singularidad, incluso, estás encastrada entre otras paredes. Podrías haberme mentido haciéndote pasar por una más.

Tus baldosas de pasta roja, meladas, que alcanzan mitad de la altura que logras, también aparentan cierta miseria, con una porción de su cara partida y desportillada.

A medida que avanzo, me perturba más tu disfraz.

Y ya de cerca, me hablas, pero no te entiendo.

Dos grandes ventanas se enemistan a ambos lados de la fachada, pareciendo ciegas por su polvoriento enrejado y por sus fúnebres persianas alicantinas, de un PVC entintado por el sol. A un palmo de ti, te huelo mejor. Traes recuerdos de lo que eres; la histórica casa andaluza encalada de blanco, con puerta de taller y de forja, a la que los años setenta mintieron en su trato, que pasaba por la nueva racionalidad arquitectónica y la inspiración portuguesa, pero, en vez de eso, te miro y noto en ti un sinfín de casualidades intentadas, eso sí, todas fallidas.

Y ahora, en tus labios al fin, veo que tu boca permanece entreabierta. Que la luz interrumpe su inagotable paso entrando hacia tu umbral, algo sostenido, algo atrancado por la barricada de sucia correspondencia que en él yace.

Guiño un ojo y dejo otro como única mirilla, tratando de evitar los golpes de respiración para así evitar los golpes de pestañeo.

Sin embargo, el resquicio que el aparente abandono me brinda, resulta insuficiente.

Motocicletas de pequeña cilindrada levantan ladridos de perros vecinos; así suena la media tarde en España. El mutismo que apuñala a la calle Jerezano resulta inquietante, casi me hace pensar que estoy en ese decorado de Zambrano o

Saura. En mi dimensión interior hay dudas, dudas salvajes, respuestas contestadas por deducción y más desequilibrio gastrointestinal.

Mis sospechas se confirman cuando lanzo dos gritos al interior de la casa y es el perro motero quien los responde. Me detengo en mi propia desesperación y vuelvo a lanzar otros dos, esta vez, acompañados con golpes de nudillos sobre la chapa. El timbre no está dispuesto a hablar.

Nada.

El corazón late en mi garganta porque sabe, tras la mirada que vuelvo a dedicar a mi alrededor, que está cerca de cometer, junto a mí, su primer delito. Puede que se acerque a mi boca para pedirme que pare, ya que todavía estoy a tiempo. El decorado sigue intacto a mis espaldas; ¿dónde estarán todos sus extras?

Pongo un pie sobre el primero de los dos peldaños que llevan a la vivienda, de misma baldosa que la acera que me resisto a abandonar. Pongo un pie sobre el segundo, ya sí de granito, tan fragmentado como el resto del alicatado exterior.

La puerta cede tras un ingrávido empujón, esparciendo al recibidor prensa, catálogos y cartas que se hallaban en su umbral. Hay oscuridad, y olor a madera agriada por la humedad. Mis pasos tiemblan, igual que mi mandíbula, tensada y abierta para inhalar más aire a través de ella y así silenciar una respiración nasal que me ensordece. Un paso. Dos.

Me detengo.

No soy la primera persona que ha estado aquí tras aquella que legítimamente la vivió. En otras palabras: posteriormente a la marcha de Martín, esta casa ha sido objeto de profanación y de asalto por aquellos que bien supieron su abandono.

Tras la cocina, abierta y violada, se suceden las pintadas que conducen a la sala de estar, el segundo de los cuatro cuartos que aparecen ante mí. La linterna de mi teléfono me auxilia en la expedición y la adrenalina, pese al frío, entibia mis músculos en previsión de una huida en caso de que alguno de los profanadores siga aquí.

Me hago sitio entre botellas de alcohol que se dispersan a su entrada y, tratando de no tocarlas como unas castañuelas, veo desde su vidrio un colchón que yace en mitad del cuarto de estar. En torno a él, un sofá rajado y una mesa volcada, esta última a modo de barricada, ocupan el ala este de la estancia. Al otro lado, quizá donde hubo cuadros, quizá donde hubo fotografías, grafitis y mensajes más legibles hacen una declaración jurada del lugar que allí ocupa la memoria.

Del dormitorio y del cuarto de baño transito únicamente sus alrededores, sin ni siquiera detenerme bajo el marco de sus puertas.

La casa está desierta. Lejos queda el rastro de quien pudo llegar a habitarla por necesidad y, aún más lejos, queda el rastro de Martín. ¿A dónde fuiste? ¿Consigo se llevaron tus sedimentos, o acaso no fue obra de los violadores? ¿Acaso te los llevaste tú?

Decido ponerle fin a los escalofríos y a mi desequilibrio gastrointestinal y pongo rumbo a la salida, de cuya luz ya no me puedo servir para guiarme, ya que el ocaso ha venido sin avisar. Menos mal que mi móvil no ha sufrido una muerte súbita y puede guiarme, pese a lo mucho que deteste confesar su utilidad.

Con la mano puesta en el marco de la puerta, aparto con el pie el montículo de papeles que obstruyen el recorrido de su media luna. Tal es el arsenal que componen, que podrían hablar de meses, si no de años. Varias cartas quedan atrapadas en el burlete, imposibilitando que la propia puerta se deslice y pueda agrandar una grieta escasa en su anchura.

Me agacho para apartar algunas de ellas.
Imposible.
«Residencia de mayores Santa Ana», a la izquierda.
«Franqueo pagado», a la derecha.
«D. Martín Velasco Cruz», en el centro.

13

Es viernes. Un viernes cualquiera de un final de octubre no cualquiera. Noviembre está ahí. Me saluda porque sabe que me gusta. Siempre me ha gustado.

Todo el mundo debería de tener un mes favorito. Yo lo tengo, y esperarlo me hace más feliz que vivirlo, pero supongo que esa es la gran incoherencia de la vida.

Es un mes amable, amable de temperatura, amable con artistas, con creadores. Amable con aquellos que juegan el erótico juego de ser Dios. De este mes han nacido las obras más bellas de paisajistas como Le Sidaner, Rusiñol o Monet. Pero supongo que es algo normal, con un cielo que parece incendiado.

«El mes de noviembre me hace sentir que la vida está pasando rápidamente», declaraba alguien el otro día, a saber, entre diez años atrás y la pasada semana. Por eso la mayoría de las depresiones se dan a finales de otoño; es lo conocido como *depresión invernal*. Porque se asiste al preámbulo de la muerte, que se recrudece entre diciembre y enero.

Por eso eres bello, noviembre, porque nos avisas cuando nadie lo hace de que todo es caduco.

La Residencia Santa Ana me ha llevado a las afueras de Málaga. Aquella carta que quiso atascar la puerta, cuyo destinatario era el propio Martín, comunicaba a sus familiares una modificación en la pauta de su medicación, así como un cambio de la habitación en la que se encuentra interno.

Su fecha, reciente, y su contenido, preciso, han querido allanar un cometido que daba por perdido.

Desde fuera, la residencia finge ser un cortijo de magnitud colosal. A las faldas de una serranía, con olivos y nísperos que se precipitan sobre ella, ofrece vistas a la bahía, tan solo censuradas por un rosario de chumberas que es perimetral al Camino de Olías, una sinuosa carretera secundaria.

—Venía para hacer una visita —informo tras reverencias y cumplidos hacia la recepcionista, una mujer entrada en años con bronceado de caña de azúcar y mirada de verano.

—Claro —responde, impulsándose por las ruedas de su silla hacia unos ficheros que están a sus espaldas—. Indíqueme, por favor, los apellidos de su padre o madre. Y después rellene esta hoja.

Mierda. Pues claro que no iba a ser tan sencillo.

—Mi padre, sí —digo chapurreando el castellano, tratando de disimular un balbuceo nervioso—. Velasco Cruz.

—¿Martín? —Pulsa la tecla intro repetidas veces, mientras se acerca a su pantalla con el ceño fruncido.

—En efecto, Martín —me ratifico, disimulando el evidente desconcierto de Marga, que me muestra la chapa con su nombre al girarse hacia mí.

—Martín no tenía ninguna visita agendada para hoy. ¿Ha llamado como siempre a la residencia? ¿Cómo me ha dicho que se llamaba?

—Carmen —digo con bailes de labios—. Carmen Velasco.

Marga retoma su encorvada postura y arruga su frente de caña de azúcar. Vuelve a estar tan confusa como antes, si no más.

—Tampoco me consta aquí que tenga una hija. Puedo ver, como familiar directo y persona de contacto, a su hermana Eva. En cualquier caso, sin cita previa, no están permitidas las visitas.

Marga guarda sus labios, de carmín, e inclina la cabeza, de tinte, enseñándome ojos de rímel al otro lado de sus gafas de pasta, en un gesto de «poco más puedo hacer».

Yo recuerdo, entonces, unas clases de interpretación a las que mi madre me llevaba en Adelfas y de las que, a diferencia de mí, nunca pensó que habían sido un desperdicio. Yo me zambullo en *la burbuja del actor*, algo que únicamente hay que romper en caso de emergencia (como en el presente caso), por si «hay algo que se pueda hacer».

—Lo entiendo —murmuro con apremio, ya que la ventana de la oportunidad parece estar entreabierta—. Y discúlpeme por no llamar, pero mi tía Eva no me avisó de ello. Tampoco aparezco como contacto de mi padre Martín porque vivo fuera, en el extranjero... Por favor —suplico, echando los codos sobre el mostrador—. He venido desde muy lejos solo para verlo. Y no sé cuándo podré regresar a Málaga.

—¿Tiene usted ahí el documento de identidad? —Marga extiende su mano, planchando las arrugas de su frente.

Entonces, así están las cosas. Vale. En tal caso, tendré que aplicar el *Método Stanislavski*. O lo que es lo mismo, echarme a llorar.

—Madre mía —exclamo llevándome las manos al bolso, después al pantalón—, no me puedo creer el despiste que tengo. He dejado la cartera en el coche, Marga. Me va usted a matar.

Para convencer a alguien de algo, no hay mejor forma que hacerle entender que eres un completo idiota. Eso, y decir: «vas a matarme». Así dan por hecho que no das para más.

—Hoy no termino el día —añado—. Me queda poco para infartar. He estado en casa de mi padre y no va a creerlo, Marga, tenemos ocupas... Y para colmo de males, he aparcado a treinta minutos a pie de la residencia. Me he desorientado tanto que casi caigo redonda al suelo del mareo que tenía.

Viendo la ventana de la oportunidad a punto de cerrarse, me apresuro en tomar de mi bolso el último de los comodines.

—Solo traigo esto... lo he cogido antes de que los ocupas pudieran atacarme —declaro palpándome la cabeza, aparentando dolor, mientras le entrego la carta remitida por la residencia, aquella misma que atascó el umbral de la puerta.

Marga la toma y la observa con cierto ateísmo, leyendo su contenido y la fachada del sobre.

—Yo solo quería ver cómo se encontraba él en su nueva habitación —digo con ojos de charol—. Una no sabe cuántas veces más podrá visitar a una persona de su edad. ¿Sabe qué, Marga? Vivo con el miedo de ignorar cuándo haré algo por última vez. Y, ahora, puede que sea esa vez.

Marga finge creer la segunda parte de mi monólogo. Quita la barbilla de su palma izquierda, la misma con la que descuelga un teléfono que pulsa en tres de sus números. Me encojo, pues quizá terminen mis días en Málaga con un juicio rápido. Tras un par de tonos que yo misma puedo oír, la línea se descuelga al otro lado.

—Hola, guapa —se anuncia Marga—. ¿Está la habitación sesenta y cinco en sesiones? —Tras pocos segundos, asiente con la vibración de sus cuerdas vocales—. De acuerdo, a las doce. Gracias.

—...

—Anda —proclama poniéndose en pie—, pero igualmente necesito que me rellenes la ficha. Tienes hasta las doce, que entra en terapia. Y aquí tienes esta pegatina, que has de colocarte en el pecho. Es importante que la lleves porque, de lo contrario, tan pronto como uno de mis compañeros te vea, te internará —dice con camaradería y con risas.

Yo, obediente y callada, sitúo el adhesivo verde que indica mi condición de «visitante» al otro lado del corazón. Acerco la hoja y tomo el bolígrafo que, mientras aceptaba mi mentira, Marga me invitaba a coger. La miro y, ahora con charol real en mis córneas, le deletreo la palabra «gracias».

Los pasillos son largos y descubiertos, imitando desganadamente a los patios andaluces o más fehacientemente a los moteles de carretera norteamericanos. Las habitaciones están expuestas a la bahía, cosa que también me reconduce a aquellas vacaciones en Roquetas del Mar; veranos de largas quincenas en apartahoteles de frías baldosas asalmonadas. Nunca podría haber imaginado lo que ahora daría por volver a vosotras, a mis pies descalzos.

Recorro suelos de granito y paredes azules, y dejo pasar salones cebados por mecedoras y murales. Tras ser indicada por un trabajador de bata blanca y silla de ruedas en mano, aparezco en un ascensor verde que, al igual que cada centímetro cuadrado de este hermético recinto, está revestido por barandas.

Segunda planta.

Hacia la izquierda, comedor, sala de usos múltiples, sala de enfermería y habitaciones comprendidas entre la cincuenta y seis y la sesenta y dos. Hacia la derecha, mi destino.

Camino en tal sentido con el fantasma de pasadas puertas tras de mí, sintiendo un mismo miedo que no ha sido capaz de envejecerse y de encontrar su paz. Reparo en que todas las entradas a las habitaciones se hallan entornadas, permitiendo una intimidad controlada. Al fin, llego.

El entorno de este cuarto reserva el silencio, con la lejana resonancia de una cocina que comienza a calentar fogones.

En su interior, esa reserva se aviva, pues no me permite apreciar sonido alguno.

Un toque.

Dos toques.

No hay respuesta.

Decido entonces entrar y dejar atrás antiguos espectros. Ante mí se muestra una habitación austera, refulgente, que me hace pensar en la de casa de mis padres, aquella misma que por su reducido tamaño me libré de compartir. Resulta evidente que es demasiado fría para esquivar el concepto de la muerte, cuando ni siquiera se esfuerza en paliar el concepto de decadencia.

En su fondo veo un cuarto de baño. En mi flanco izquierdo un armario. A la derecha una cama individual de hierro forjado en su cabecero y pies. Y junto a ella, Martín.

Martín aborda un rompecabezas de grandes piezas sobre una silla azul, como Málaga y como el resto de la residencia. No se percata de mi presencia o, al menos, simula no hacerlo. En él yace una serenidad sobrehumana, prodigiosa. Parece enfrascado en la tarea por completarlo.

Su atuendo es el de alguien a punto de salir al mundo. Su pelo, algo ondulado y degradado en su canicie, se resbala hacia atrás como la resaca de una ola que vuelve al océano. Si decía que el otoño era amable en su aspecto, él es otoño. Él es el cuadro *Otoño* de Giuseppe Arcimboldo, y su rizada barba las granadas, y los higos, y las ramas de mimosa seca y las castañas.

—Hola, Martín.

Él me mira, pierde su vista y la vuelve a llevar al puzle. En ese instante, alguien golpea la puerta sin permitirme reaccionar.

—¿Se puede? Buenos días, ¿cómo estamos? —saluda una eufórica joven que se desliza por mi lado, penetrando hasta los límites de la estancia—. Solo vengo a dar la pastilla de las once.

—Claro, adelante —contesto haciéndome pasar por una piedra.

—Martín, ¿quién ha venido a verte? ¿Estás contento? Tu hija, que vive muy, muy lejos. Está aquí para visitarte.

Martín abre la boca, permitiendo que la chica ponga en los confines de su lengua un comprimido blanco. Después, toma agua que también ella le ofrece. La chica celebra la acción. Él, que desde su comentario no desvía sus ojos de los míos, se aferra al brazo de la auxiliar de enfermería.

—Ella no es mi hija —sentencia el hombre—. Yo no tengo hijos. No he visto a esta mujer en mi vida.

Yo, que trataba de ser piedra, ahora trato de ser la ceniza de esa piedra. Me incendio en mis sofocos sin saber qué hacer o qué decir. Ahora no vale hacerse la completa idiota.

La joven acaricia la mano que sujeta su brazo y me hace gestos para salir afuera. Yo, que hoy me decido a obedecer, trago saliva y me hundo bajo el marco de la puerta. Pocos segundos después, ella aparece, cerrando la puerta.

—Oiga... —adelanto, juntando las palmas de mis manos para pedir clemencia.

—Sé que es duro —me detiene Clara, tal y como leo en su chapa—. Pero recuerde; lo mejor es aplicar estrategias piadosas de comunicación. El hipocampo está muy deteriorado, por lo que tendremos que sumergirnos en su realidad y estimular recuerdos antiguos. Es lo terrible del Alzheimer.

Por Dios. Alzheimer.

—Los pacientes que padecen esta enfermedad —prosigue—, suelen contar con la denominada *resonancia emocional.* En resumidas cuentas, las memorias emocionalmente cargadas, a menudo más antiguas, están codificadas de manera profunda en el cerebro. Esto explica por qué los recuerdos de la infancia y otros eventos significativos de la vida pueden resistir el paso del tiempo y la progresión de la enfermedad. Trate de estimularlo con historietas de su juventud —concluye—. Aférrense a eso, y ánimo.

La sanitaria se diluye pasillo abajo sin dejar que asimile la noticia que su menudo cuerpo ha vomitado. Para ella, no había noticia que dar, solo tragedia que recordar. Por eso no me brinda tiempo de digestión en sus amables palabras.

La puerta se me hace más blindada, más intraspasable, y eso que ya conozco lo que tras ella cabe. Sin embargo, me frena el pánico que la ausencia de memoria produce en mí, como si esa enfermedad innombrable fuera el villano que en este viaje no he encontrado.

«Pero hay otro "sin embargo" todavía más hercúleo», me digo sin dejarme amedrentar por el foso de la demencia. Quizá yo sea una de las pocas oportunidades que tenga Martín, no para recordar, sino para que alguien tome su memoria y se construya conforme a ella. Porque ese es el cometido, muchas veces, de lo que llegamos a hacer en la vida. Tomar y construirse. Sí. Así es.

Martín está concluyendo su puzle de diez piezas, el cual representa a un perro sobre césped verde, tal y como leo en la caja que descansa en la cama. Hasta allí voy, dejándome hundir por su colchón de muelles.

De forma casi sobrenatural, vuelve a estar abstraído en su tarea, la cual adquiere un sentido terapéutico ahora que sé lo que sé. Me arrimo a él con suaves toques, tal y como un fotógrafo se aproxima a un ciervo en el bosque. Advierto que está atravesando un bloqueo fruto de una pieza que no se acopla donde él cree que debería de acoplarse.

—¿Y si probamos con esta? —le invito a tomar una ficha que reposa olvidada.

Sosegadamente, Martín libera la pieza errónea y atrapa aquella que, a sus ojos, había pasado desapercibida en el juego. La ensambla con facilidad y me mira. Sonríe.

Él mismo toma de nuevo la descartada y la reconduce al único hueco que queda libre. Ha terminado el puzle. Sosteniendo el tablero de sus extremos, le da la vuelta: lo ha estado haciendo boca abajo.

—Es muy fácil —dice desarticulándolo de nuevo—. Aquí nos dan juegos para niños.

—Pues yo no hubiese sabido por dónde empezar —añado algo impresionada, mientras me deshago de la chaqueta—. Tiene usted un razonamiento espacial envidiable.

—Pues si quieres nos cambiamos las cabezas —bromea devolviendo las piezas al interior de la caja.

Yo me río con tristura, dándome cuenta de la conciencia que tiene sobre la corrupción de su cerebro.

—No te equivocas, Martín, no soy tu hija —confieso—. Me llamo Carmen, soy amiga de un amigo tuyo. He venido de Madrid para conocerte.

—Yo fui una vez a Madrid —contesta con voz rauca—. Mis padres me llevaron hasta allí por el Día de la Hispanidad. ¿Cómo dices que se llama el amigo que tenemos?

En ese momento, alguien vocifera al otro lado del cuarto. Parece provenir de una habitación vecina, y se asemeja más a una conversación con uno mismo que a una con interlocutor real.

—Muchos aquí hablan solos —interviene en respuesta a mi expresión de desconcierto—. Yo, a veces, también hablo solo. Pero no me respondo, porque con locos no hablo.

Los dos desatamos una fértil carcajada que difícilmente conseguimos detener. Mientras en la risa invertimos la carrerilla, puedo ver en él un hombre al que todo no se le ha arrebatado.

De mi bolso extraigo el sobre que contiene las fotografías de mi padre. De tres en tres, armo cuatro columnas en torno a los pies de su cama. Él las toma, enfrentándolas a sus ojos.

Mientras tanto, leo en voz alta fragmentos de sus cartas y le explico, más que quién fue, quién es mi padre. Porque eso es lo único bueno que da el Alzheimer; la inmortalidad. Así que no se aleja tanto de la memoria.

—Sí —afirma enternecido, sacudiendo su cabeza arriba y abajo—. Claro que lo conozco, somos muy amigos. ¿Cómo está?

—Está bien, está muy bien —digo tratando de no llorar—. Manda recuerdos y un fuerte abrazo.

—Compartimos habitación en un hospital. Creo que en el Virgen de la Victoria, de Málaga. Ahí fue donde nos conocimos. Yo tenía una neumonía que se había complicado y a él lo habían operado del corazón.

—¿Del corazón? —pregunto sin camuflar mi asombro y sin pretender hacerlo—. ¿Está usted seguro?

—Y tanto. No recuerdo el año, ni el presidente que había por entonces, pero sé que fue hace tiempo. Él me confesó que les había dicho a su mujer y a sus hijos que venía a un congreso de ciencia, de geología, creo, cuando en realidad había venido para operarse del corazón. No quería que nadie se preocupara por él, pero, ¿dices que esas cartas las escribí yo?

—No, bueno, no se preocupe por eso —desdramatizo su comentario devolviéndolas al bolso—. Eso no tiene importancia. Entonces, Martín, ¿estuvieron juntos en la misma habitación?

—Así es, varias noches. Fueron algunas las madrugadas en las que nos desvelábamos y hablábamos hasta que amanecía. Yo, un hombre de campo, sin preparación, hecho al trabajo desde muy joven... Imagina. Y él tan... cómo decirlo. Tan interesante.

—Sí. Así era, o sea, es él.

Martín vuelve a asentir con movimientos de cuello. De vez en cuando, como ahora, su mirada se muda a un lugar donde no puedo acompañarla. De pronto, vuelve. El carrusel de fotografías que, por su forma de sostener, adula, rueda sobre sí mismo bajo espasmos de atención.

—De hecho, me reveló que llevaba cartas escritas para su mujer y tres hijos en caso de no sobrevivir a la operación —cuenta él—. Tenía pánico —dice avivando sus enterrados ojos—, pánico de los hospitales.

—¿Y quién no? Nada bueno ocurre en un hospital.

—Sí, nacen bebés.

—Pues eso, Martín, que nada bueno ocurre.

Los dos reímos. Yo le pregunto, «¿qué más?».

—Me decía que el miedo nunca se perdía —añade—. Que él, cuando era un niño, tenía miedo a la oscuridad, y que, en ese momento, tenía miedo a esa oscuridad que es para siempre.

—Su famoso pánico a morir.

—Todas las mañanas se despertaba diciéndome lo mismo: «He soñado que era un pájaro». Y todas las noches, hablándonos a través de la ventana, yo le preguntaba lo mismo: «¿Existirán los extraterrestres?». «Pero, Martín, por Dios, deja de decir bobadas, ¿cómo va a existir un bicho más feo que tú?». Y entonces, él, me acunaba como a uno de esos niños que nacían algunas plantas más abajo, contándome con rigor científico por qué sí existían.

—Vaya...

—Sí, vaya. Y no lo parecía, pero era humano —dice—. Pero ese humano tenía más ganas de vivir que nadie. La última noche, antes de que le dieran el alta, dio la casualidad de coincidir con las fiestas de algo, no recuerdo de qué. Pero sí recuerdo que me miró, como él miraba cuando tenía alguna ocurrencia, y me dijo: «Martín, ¿alguna vez te has escapado de un hospital?».

—¿De verdad?

—Estuvimos en el aparcamiento, un simple descampado, ensimismados con aquellos fuegos artificiales hasta que se tiró el último y volvimos a la habitación. Era para vernos: dos lisiados escondidos entre los coches riendo e inventando historias sobre otros pacientes.

—Veo que no lo pasasteis nada mal —respondo.

—No, pero entre esos fuegos artificiales, él me dijo algo que no he olvidado. Me dijo que tenía miedo de no ser suficiente para su familia.

—Él fue el mejor —digo entre dientes.

—Después de eso, nunca perdimos el contacto. Gracias a él pude conseguir el graduado escolar. Sé leer y escribir gracias a su empeño. También me ayudó económicamente cuando más lo necesité, y lo hizo sin pedir nada a cambio. Gracias a él, en parte, puedo estar aquí —declara abriendo los brazos y contemplando su alrededor—. Bendita neumonía, que en realidad me salvó.

Yo, que no sé qué decir, me quedo sin decir porque, aun sabiendo, ninguna palabra sería lo bastante sabia para alabar su habla. En ese silencio, Martín vuelve a largarse con su mirada allá donde yo no puedo ir. Ahora, en cambio, da la sensación de que ni él mismo es capaz de ubicarla. Sus dedos aflojan los retratos que entre ellos se sostienen, dejando que se derramen por el suelo junto a sus zapatos marrones.

—No pasa nada, Martín —me apresuro a decir mientras las agrupo—, hay días que yo también estoy algo torpe con las manos. Aquí tiene.

Sin el más mínimo ademán por tomar mi ofrecimiento, él ruge tras labios espasmódicos. Sus ojos han vuelto, pero ahora se desplazan con movimientos sacádicos, como los de un camaleón. Yo tomo su mano tratando de desacelerar su guerra.

—¿Quién eres?

—Soy yo —aventuro—. Carmen Hueso.

—No te conozco —me condena—. Estas agobiándome.

He aquí el Alzheimer. Sin perdones, sin gradualidad, ha querido sentarse a la mesa obedeciendo, únicamente, a su antojo.

Es como si siempre nos hubiese observado; un ente que disfruta mirando para, luego, hablar por la boca de su huésped.

—Por favor, sal de mi habitación —continúa—. Hoy no he hecho mi puzle, quiero hacerlo.

Pongo las manos sobre mis muslos y me pongo en pie, ya que continuaba arrodillada, quizá ofreciéndole unas fotografías, quizá suplicando piedad a la demencia. Nada se puede hacer, más que entenderlo y permitirle la paz que pide.

Retorno papeles al bolso y chaqueta a los hombros, no sin antes tomar el rompecabezas que cedo a su dueño, tan ansioso como serio. Él vuelca las piezas en su regazo; esta vez miran hacia arriba. Otra vez lo aprisiona ese embelesamiento, ahora sé que maldito.

Dispuesta a marcharme, advierto un lápiz que se apoya en una esquina de su pupitre, donde también se apilan dibujos con llamativos colores. Me detengo pensando en que no todo lo roba la enfermedad, pues está amputada de manos.

Son casi las doce del mediodía, hora en la que Martín tiene programadas actividades terapéuticas, de modo que me doy cierta premura en alcanzar dicho lápiz y en extraer de mi bolso una de las cartas que él escribió, así como un retrato de mi padre. Apoyándome sobre su mesita de noche, volteo la instantánea de papá en el paraje natural del Torcal de Antequera y la grabo con su propia letra, esa que no he olvidado imitar:

«He estado aquí, Martín. Contigo. Hemos recordado esas noches tan memorables en el hospital, querido amigo. Y lo hemos pasado, como yo suelo decir, bárbaro.

Por cierto, ayer estuve en el paisaje kárstico que prometí explicarte en persona, aquel que veíamos a lo lejos, desde nuestra ventana. Un día, te prometo que vendré a por ti e iremos juntos.

Mientras tanto, este soy yo en su pico más alto.

Tu amigo, que te abraza desde lo lejos».

Tomo su mano derecha, libre de fichas, y miro sus surcos sintiendo cómo, poco a poco, se deja amansar para que la abrace. Después, beso su frente, templada.

—Adiós, Martín, nos vemos pronto.

—Adiós.

Abandono así el dormitorio donde ha querido ocurrir mi tercer prisma, antes oculto. Tomo mi teléfono móvil y accedo a la aplicación del reloj. Detengo el cronómetro en marcha.

Me alejo de las cocinas, que ya atienden a un primer turno de comensales. Me alejo de los salones, por cuyas puertas se fuga un sonido cruzado de instrumentos al que, de vez en cuando, le acompaña un aplauso. Me alejo, así, de mí.

Vuelvo a las chumberas, a los olivos y a los nísperos, tras haberle dedicado un cariñoso adiós a Marga, consumadora de mi fe. Me detengo ante esa ondulante carretera secundaria, esa que lleva a la costa, al edén, al mismo lugar donde creí que me llevaría esta odisea que empezó en el aula de 2ºB, donde un periódico vestido de cebo me habló del tiempo.

De aquel que no pasamos como deberíamos.

Ese momento evangelizó mi ideario, incluso, negué unas cervezas. Ese trozo de celulosa en blanco y negro me prometió la salvación al llegar adonde ahora mismo estoy. Al final.

Sin embargo, desconozco las coordenadas tanto como lo que he de sentir. Antes, al menos, estaba mimada por la ignorancia. Ahora, ahora que no hay más, me siento aturdida. Siento que sigues siendo, papá, ese desconocido al que fui a buscar.

Ahora, ahora que no hay más, me siento mareada, pese a estar a mil metros sobre el nivel del mar.

O espera. Quizá sí haya algo más.

14

MADRID

De las horas no sé contar los minutos, solo las legañas. Y hacía tiempo que no contaba legañas. A menudo las legañas se subestiman; pertenecen al mismo grupo de repudiados que las lombrices, que cumplen la gran función en nuestro ecosistema de reciclar la materia orgánica para fertilizar el suelo. Esa secreción blanda, si es reciente, o endurecida, si tiene solera de la noche, suele causar repugnancia y algo de grima. Tal y como les ocurre a las pobres lombrices. Sin embargo, me apiado de aquel que no amanezca con ellas, ya que solo podrá significar una cosa: falta de paz.

Al despertar esta mañana y, por primera vez en meses, tengo lombrices en los ojos. Al fin estoy reciclada y fertilizada.

Es de noche en Madrid. Yo me he hecho de noche mucho antes, por una larga siesta que he tomado al llegar de Atocha. Bajo la basura, me apetece pasear al perro que no tengo. Hago lo mismo que aquellos que sí lo tienen; encender un cigarro con motivo del paseo cuando, en realidad, sacar a la mascota es la coartada para volver al vicio. Sea como fuere, fumo.

Permanezco largo rato a las puertas del bloque, queriendo darme un baño de luna que, siendo consciente de que no calienta, sí ilumina.

¿Existe el *jet lag* emocional? ¿Existe la descompensación emocional dada por ratos que te retienen? De este viaje, no hay lapsos ni situaciones que me desplacen a su propia franja horaria, pero sí que me desalojen de la percepción que poseo sobre el tiempo, que poco tiene que ver con el tramo horario.

Y es que se me hace raro volver.

Se me hace, incluso, incompleto.

Lo pensaba cuando esta mañana me infiltraba como una bacteria o un virus en el órgano vivo María Zambrano, antes de tomar uno de sus vasos linfáticos, también llamados trenes, para llegar a destino.

Seguía atrapada en Martín y en una visita frustrada por el raciocinio adulterado. Expectativas truncadas. Destino saboteado. Seguía abatida por una conversación que quisiera haber prolongado, sin invitados que la censuraran y que me expulsaran de la memoria. Y luego volvía a pensar, porque el tren es mi psiquiatra y sus butacas mi diván. Viajera activo-sufridora.

Pensaba en que dicotomía lo es todo y que el peregrino tiene, por tanto, una propia. Y es que hay viajes de trayecto y viajes de destino. Y nada más.

Por lo general, los viajes suelen ser de destino. Como del sexo, el orgasmo. Como del estudio, la plaza. Como de la vida, la muerte. Y así mi viaje se planteaba; tres trayectos para tres conversaciones. Llegué a ignorar, incluso, todo lo que precedía a Emilio, Ketty y Martín. Como si, de un libro, desprecias todas sus páginas, excepto su final. Me convertí en una tránsfuga del sentido y del cuerpo, hasta que me decepcioné en una de las escalas. Allí, buscando cura a una ilusión sin torniquete, rebosante de sangre, me vi y me averigüé.

Y es que había aprendido más de mi padre en travesías y paseos que en los propios encuentros. Por saber, pocas cosas supe de él fuera de mí. He sido su autodidacta porque, simplemente, pocos viajes hay de solo destino.

Ni siquiera los de metro lo son.

A veces se ve más un destino en el vagón que en la estación.

Mi teléfono móvil es una granada de mano. Me pregunto si yo detonaré con él. Se acumulan las notificaciones de mensajes de Asun, de Carlos, o incluso de Mario, que me envía una imagen de su cuarto de invitados con sábanas limpias.

Pero, de entre todos, hay un mensaje que me aterroriza. Siento que es la propia anilla de la granada. Hace de él unas diez horas y, desde entonces, no he hecho más que aplicar el mismo principio que Alejandra, mi sobrina, aplica en el escondite: si me tapo los ojos, no estoy.

No me acobarda tanto el remitente como lo que vaticino que este escribe.

Con el difunto del cigarro, la colilla, en mis labios, abro el mensaje, no sin temblor: «Hola, Carmen, soy Lorena [misterio resuelto; se llama Lorena], consultora inmobiliaria a cargo del inmueble de tu padre. Comentarte que vuestra contraoferta ha sido aceptada por la pareja interesada. Trasladada a tu hermana Asunción, está de acuerdo. Dame tu conformidad cuando puedas para empezar el papeleo y, ¡enhorabuena!».

Y se hizo realidad.

La memoria se recicla, como el excremento de lombriz.

Pasa de unas manos a otras, cosa que hace menos atroz el hecho de desprenderse de ella. Pero no me despedí. Eso sí puede ser atroz. Y de la condena de las no despedidas podría escribir un ensayo.

Respondo al mensaje siguiendo el principio operacional de impresionarse, principio que mis padres nos inculcaron como parte de nuestro adiestramiento. Si te impresionas, eres educado. Si no te impresionas, eres un engreído. Celebro la noticia y alabo las magníficas dotes de negociación de Lorena, en tanto que me seco del baño de luna y vuelvo al interior del portal.

Mi apartamento tirita porque nada le es familiar, tampoco el aroma aún presente de esa cena hindú que tentó a la memoria, despertando algo más que las papilas gustativas de la comensal, y cuyos restos reposaban en el cubo de la basura. Tirita porque no posee, fuera de mí, identidad.

Tomo de la secadora aquel chándal que manché de *keema samosa* y *prawn puri*, ahora limpio y algo acartonado, y me visto con él porque quiero reanudar el desmantelamiento del cuarto de los líos.

Enfundarme su paño es nunca haber llegado a cerrar la puerta de mi padre. Es como si, este viaje, hubiese sido el viaje de un cuerpo celeste, el mío, a través de geografía también celeste, la suya. Como si de una larga siesta hubiese despertado y aquellas bolsas de basura tampoco hubiesen abandonado su rellano.

El tiempo que marca mi cronómetro sigue contenido, no consumado, a la espera de mis órdenes y de mis acontecimientos.

De allí solo necesito algo que podría decir olvidé, pero a estas alturas no quiero mentir: dejé deliberadamente porque, en ese momento, carecía del sentido que a día de hoy tiene. Ahora, significa cerrar los paréntesis de Barcelona, Santander y Málaga. Y, en menor medida, es la donación de identidad que mi piso de cemento bruto suplica.

La maleta, aún intacta, me mira sin reproches a sabiendas de que nada ha terminado. Al menos, hasta que vuelva.

Accedo al bloque dejando atrás el ruido blanco de una televisión vieja que pierde la señal. Al coger el coche, era un mero chasquido de fogata sobre el parabrisas. La lluvia ahora cae con fuerza.

Es tarde para un edificio Oasis que se sustenta de la plena luz del día, así que el ascensor no tarda en aparecer. Las paredes espejadas del cubículo no me dirigen miradas despectivas, tal y como sí hicieron esa última vez. Lejos de no reconocerme quizá sea, simplemente, porque ya duermen.

Los televisores acaban de apagarse en el descansillo de la planta. Hace pocos minutos que el ruido dejó de agonizar. El aire es negro, incluso mis manos lo son, que las miro para entender el nudo que asfixia el ramillete de llaves. Pese a no tener éxito en el rastreo del interruptor de la luz, logro situarme frente a la puerta y revertir su cerramiento.

Y entrar.

Aquí hace frío. Me congelo en el recibidor. De la boca del pasillo emana la ridícula sensación de que mi padre aparecerá por él. Sospecho que será la costura mal cosida que deja el duelo: la negación. *¿Por qué hace tanto frío aquí?*

Poco a poco, los muebles van desapareciendo y la casa va quedando invertebrada. Los rincones donde nuestra vida sucedía parecen más holgados, incluso, los techos fingen ser más altos.

Hay esquinas donde jugábamos a derribar tropas de pinzas para tender la ropa. Hay corros de baldosas sobre los que soplamos la mayoría de nuestras velas. Hay relojes de pared que delataron horas de insumisión adolescente. En el salón, quedan sillas que nos sostuvieron después de una mala noticia. Junto a ellas, queda el sofá que nos vio hablar por primera vez, y gritar, y llorar, y decir «te quiero».

Miro todo, absolutamente todo, preguntándome cómo he de hacerlo. Cómo he de soltar. Entonces me suelto yo misma, y empiezo a llorar.

Ya no hace tanto frío.

«Hay poder en dejar ir», me digo camino al cuarto de los líos. En efecto, hay mucho poder. Reparo en que soy profesora de física y que lo soy, simplemente, porque todo es física. Recuerdo entonces que los átomos se unen porque aislados no son estables y que, unidos a otros, viven en una situación de menor energía. De equilibrio. Ahora, mi otro átomo se ha marchado, su energía se ha apagado. Y yo, ando perdida.

Tan inestable como al principio de los tiempos.

Puede que sea momento de soltar, de dejar ir para unirme a otros átomos. En definitiva, para no detonar en mi descontrol.

Paso al santuario de los recuerdos de mi padre y reanudo el cronómetro. Veo lo poco que queda de él ahí y lo mucho que en mí queda de él. Antes, esa fórmula se leía al revés.

Cuando no había mucho de él en mí, más que los vestigios materiales de una vida, me gobernaba la férrea creencia de que los mismos eran reliquias de valor incalculable. Y es loable. Y así, en parte, lo sigo creyendo.

Pero era pobre, en tanto en cuanto pretendía que fuesen la savia de mi padre. Su extracto.

Hoy, puedo pregonar en la intimidad que confiere el dolor algo que nunca hubiese osado a hacer, no por cobardía, sino por ignorancia. Para explicármelo, retrocedo unos pasos y vuelvo con otros ojos a las comisuras de la casa, allá donde la remembranza acecha.

Vuelvo a examinarlas mientras las pienso, y rehago el mismo recorrido hasta el cuarto de los líos, donde se apilan los saldos de la vida de papá. Últimos restos. Liquidación.

Entonces, me hago saber que ni las cortinas, ni los techos, ni los muebles ni las lámparas, ni siquiera los tomos que en esta habitación resisten la extinción son núcleo, protones, electrones o neutrones. No son los elementos de nuestra estructura atómica. Son el envoltorio. El envoltorio que escogimos para presentarnos a la vida.

Me deslizo entre cascotes y escombros porque también he venido buscando algo, en provocación a mi dogma sobre enseres y memoria. Nunca hubiese pensado que reclamaría este objeto y, mucho menos, que lo expondría como fortuna de mi azar.

Sorteo cajas de cartón que no tardarán en ser cerradas, así como una carretilla que aguarda su porte final en esta mudanza. Tal es la negrura, que apenas puedo distinguir los bultos con los que tropiezo. La única luz es dada por una bombilla empañada, que cae desde el rosetón de escayola que ennoblece el techo.

Esquivo el impulso de recurrir a la linterna de mi móvil; necesito la poca batería que en él queda para algo más poderoso. Registro, nerviosa por la oscuridad, los cajones que muerden mis tobillos y espinillas. Quizá encuentre algo que pueda iluminarme.

Voilà. Una de sus tantas linternas.

Tras varios golpes de fondo hace por destellar. Suficiente para mi cometido. Busco y rebusco como si el tiempo corriese en mi contra. Cacheo muebles y cajas. Hasta que por fin.

Aquí está.

Recapitulo pisadas con mi legado bajo el brazo y vuelvo al mismo sitio donde tanto frío hacía. La entrada. Ahora hay tres bombillas empañadas: la del cuarto de los líos y las de mis ojos, dos candelas agotadas. Reaparezco con mi mirada en ese fondo de pasillo, sabiendo que papá no aparecerá por él.

La memoria no necesita templos.

Su resiliencia no precisa estructura física para sobrevivir.

La esencia de un hogar reside en su propia capacidad para adaptarse a nuevas experiencias. Y un hogar, siempre seremos.

—Adiós —digo cerrando la puerta.

La lluvia aprieta en el número ochenta de la calle Zurbano, medio y mitad de un Chamberí sumiso en la tromba. Pese al anochecer maduro, senil en sus horas, la vista del cielo es blanquecina, con nubes lechosas que hacen de mantilla en la cara de la oscuridad.

A diferencia del edificio Oasis, este bloque no se acunará hasta pasadas unas horas. En el ascensor, un vecino observa mis mejillas, negociando consigo mismo si lo que resbala por ellas es lluvia o lágrimas.

Había dejado algunas luces encendidas del apartamento. Soy consciente de ello. Podría decir que lo hice por ahuyentar a posibles ladrones, pero, dispuestos a no mentir, lo hice para que mi casa no sufriera esas crisis de identidad.

Es broma. No estoy loca.

Lo hice por sentir que algo me espera.

El pasillo se hace interminable, tengo el pelo mojado. De mi dormitorio sé su noche, es donde suelo habitar. A pesar de ello, enciendo el aplique que ilumina *El invierno en Lisboa*.

En mis manos tengo el cierre de paréntesis de Barcelona, Santander y Málaga. Eso que, de casa de mi padre, he rescatado. Me siento al borde de la cama, rozando con mis rodillas la mesita de cemento bruto. Dejándome bañar por el foco de luz cálida. Aparto ese y otros libros y hago espacio para el altar. Aquí está.

El molinillo de café.

Abro su cajón, el mismo donde hallé esa llave. La llave. En su interior sigue, tiznada por migas de grano molido. Lo dejo abierto; tengo algo que ha de guardar por mí.

Doblada en ocho partes sostengo la página de periódico que me tentó y que atentó contra mi ceguera. Aquella cuyo titular desafiaba el aburguesamiento de la conciencia, preguntándose: «¿Con quién pasamos más tiempo?». A lo que apuraba en su pie de página: «El estudio concluyó que las personas adultas, desde su independización, tienden a pasar menos de cien horas al año con sus padres».

Sin desdoblarlo, lo alojo en las profundidades del cajón. Aún queda una cosa más. En mi bolsillo tengo la fotografía de mi padre en el patio de la fábrica textil, aquella que Emilio me regaló. Ringo está en sus rodillas. Tenía unos veinte años, y ya era dueño del mundo.

Mi padre, en la propia tarea de serlo, había perdido las ocho letras de su nombre. Pero se llamaba Salvador.

Se llama Salvador.

Tomo el teléfono de mi bolsillo y me dirijo a la aplicación del reloj, donde el cronómetro sigue avanzando y acometiendo el tiempo. Lo detengo. Sonrío.

Cien horas y pocos minutos.

La pantalla se ensombrece porque la batería sucumbe, pero un mensaje de Carlos brota segundos antes de que lo haga. Ya tiene los billetes para venir a Madrid. Vuelvo a sonreír. Aquí están los equilibrios de los que hablaba Ketty.

Antes de llevar la fotografía al interior del cajón, antes de cerrar el molinillo de café y dejar aquí un viaje que empezó por un periódico, uno cuyo único cometido era disimular mi hálito a tabaco, volteo el papel de la instantánea y tomo una estilográfica. Y escribo en él:

«Mi prueba de cien horas a tu lado».

Perdones y gracias

Pido perdón a Pablo, mi tío, por haberle robado
una expresión que habló y me sedujo.
(Véase en página 146, primer párrafo).

Pido perdón a mi padre, Carlos, por haberle
arrebatado el fragmento de una maravillosa
novela que escribió hace años
(y la pasión por las palabras).

Pido perdón a mi madre, Susana, por haberle
cortado una forma de sentir, y de pensar,
y haberla pegado en mi piel.

Vaya, parece que no hay agradecimientos.

Este libro se comenzó y se escribió en Madrid;
en el Paseo de Andrés Segovia, La Herradura;
en un cuarto de sol azafranado, en Granada;
en Málaga, con vistas a su catedral;
en estaciones,
o en trenes,
y se terminó en algún lugar
del Estado de Pensilvania.

ÍNDICE

Este libro se terminó de editar en Granada

en mayo de 2024 por

Aliarediciones

www.aliarediciones.es

info@aliarediciones.es